现代设计元素

XIANDAI

SHEJI

YUANSU

包装设计

目录

前言

在经济飞跃发展，物质极大丰富的今天，"包装"这一名词已广为人知。包装渗透在人们物质生活的各个领域，每个人都离不开包装，都在不同程度的进行包装活动。它已是联系人类生产与物质生活不可缺少的手段与工具。同时，包装设计艺术已形成了一门综合性艺术，它把现代科学技术与艺术设计相互结合，已成为反映一个国家、民族和地区经济、文化发展水平不可忽视的重要标志。本书着重从包装设计最根本的设计元素入手，针对包装设计语言作出了新的诠释，并通过实际案例由浅入深地讲述包装设计的整个过程及其在实际中的运用。

本书在编写过程中吸收了国内外专家的研究成果和成功范例，以及高校学生原创的优秀作品。对此特别感谢广西艺术学院01、02级装潢专业全体同学以及各位老师的大力支持，并对参与本书编写的有关人士和所有稿件提供者表示衷心的感谢。

游 力

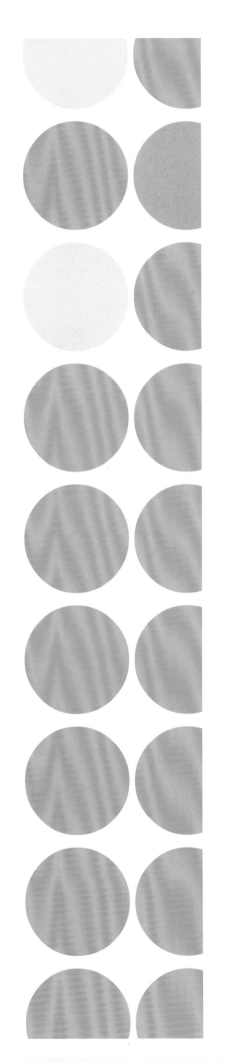

第一章 包装设计元素的简述

第一节 基本概念

设计是从事人类生产物质文化和精神文化的一门综合性应用学科,它几乎涉及人类思想和生活的每个角落,其产生是人们通过观察世界、认识世界、审美世界后的设想与计划改造世界的过程。设计是充分发挥人的智慧,被广泛应用于改善人的生活、工作、休闲等相关品质的活动。一个完整设计的形成,首先是因为有了人的需求,然后设计者以此为目的,借助自身的经验,最后采用各种方法和手段来完成。设计出来的成品借助一定的功能、形态、材料、形式、视觉效果,或具有某种意义的附加因素,彰显了它符合人们需求的可能性,实用、美观、安全、经济、环保这几方面则是设计中必须遵守的原则。

在经济飞跃发展,物质极大丰富的今天,"包装"一词已广为人知。包装渗透在人们物质生活的各个领域,每个人都离不开包装,都在不同程度地进行包装活动。它已是联系人类生产与物质生活不可缺少的手段与工具。而今包装的概念已拓展到包装明星、包装演员、包装作家、包装企事业单位,以至包装城市和种种事物。

但是,最重要的包装还是作为现在商品生产不可缺少的构成部分和外部形式,融合在各类商品的开发设计和生产之中,使产品通过包装成为商品进入流通领域。本世纪60年代后,自我销售方式的超级市场的全球性拓展得到普及,将包装功能由原来的保护商品、方便储运、美化商品,一跃而转向依靠包装推销商品的至高阶段,使包装上升为引导消费、进行商品市场竞争不可缺少的手段和工具。由于包装在国际性商品市场竞争中的作用愈来愈大,以及对社会环境的影响,迫使工商界高度重视,从而确立了现代包装设计的经济地位。

第二节 现代包装设计

在进行包装设计分析之前,首先应弄清"产品"和"商品"的差别性:一件未经包装过的内容物是产品,经过包装处理的则是商品,由此可见,产品必须透过"包装",才能成为在卖场上架贩售的商品。

所谓现代包装设计,就是以保护商品安全流通、方

图 I-I

图 I-2

便消费、促进销售为目的，依据特定产品的形态、性质和流通意图，通过策划构思，以艺术和技术相结合的方式，采用适当的材料、造型、结构、文字、图形、色彩与防护技术等，综合创造新型包装实体的科学处理过程。现代包装设计适应了机械化大批量生产和长途安全储运物资与商品的要求，它将商品推向市场、迎合市场，引导人们消费，并满足人们对商品包装的物质功能与审美精神功能全方位的需求。由此可以看出，那是从包装的整体功能目的出发，包含着包装工艺与包装材料的选择、包装造型与结构的设计、包装的视觉传达（装潢设计）等整体系统全方位的概念。包装设计必须适应不同的社会环境与运输销售方式，为人们提供最合理方便的消费方式，引导消费潮流，从而影响包装工业的发展。

一、包装设计的主要目的

1. 介绍商品

借由包装上的各个元素，使消费者认识商品的内容、品牌及品名。（如图1-1）

2. 具标示性

商品的保存期限、营养表、条形码、承重限制、环保标章等信息，都必须依照法规——标示清楚。（如图1-2至图1-4）

图 1-3

图 1-4

3. 沟通

有些企业为了提升企业形象，会在包装上附加一些关怀性的文字宣传正面的宣导信息，借此与消费者产生良性互动。

4. 占有货架位置

商品最终的战场在卖场，不论是商店内货架或自动贩卖机，如何与竞争品牌一较长短、如何创造更佳的视觉空间，都是包装设计的考虑因素。（如图1-5、图1-7、图1-8）

图 1-5

5. 激起购买欲望

包装设计与广告的搭配，能使消费者对商品产生记忆，进而从货架上五花八门的商品中脱颖而出。

6. 自我销售

商业包装是消费者接触最多的包装，现在卖场中已不再有店员从旁促销或推荐的销售行为，而是借由包装与消费者做面对面的直接沟通，所以一个好的包装设计必须确实地提供商品信息给消费者，并且让消费者在距离60厘米处（一般手的长度）、3秒钟的快速浏览中，一眼就看出"我才是你需要的！"因此成功的包装设计可以让商品轻易地达到自我销售的目的。（如图1-6）

图 1-6

7. 促销

为了清楚告知商品促销的信息，包装有时必须配合促销内容而重新设计，如增量、打折、降价、买一送一、送赠品等促销内容。

二、包装设计的范畴

包装设计的范畴可宏观相对地分为运输包装与销售包装。

1. 运输包装

也称为外包装，是以保护商品安全流通、方便储运

图 1-7

图 1-8

图 1-9

图 1-10

图 1-12

为主要目的的包装。(如图 1-9、图 1-10)

2. 销售包装

是以销售与消费商品为目的,和商品同时进入商场货架销售,直接到达消费者手中的包装。小至火柴、纽扣、首饰、烟酒等小包装,大到销售与运输合二为一的冰箱、洗衣机、电视机等日用商品包装,以及销售现场配备的包装纸、购物袋、礼品盒等,都属于销售包装的范畴。(如图 1-11 至图 1-13)

图 1-11

图 1-13

第三节　包装装潢设计

　　包装装潢设计是包装设计整体中的重要组成部分，它依据一定商品的形态和属性，通过适当的材料与造型结构、文字、图案、摄影、附加物品等，以艺术与技术相结合的手法创造能够保护商品流通、传达商品信息、方便应用的包装实体，是一种强化商品推销、保护、使用功能的手段。如香水瓶子的造型设计通常会以线条的刚毅或优柔来区分男士用与女士用；各类食品的外包装袋或包装盒上会采用引人垂涎的实物照片，以引起消费者的购买欲；矿泉水瓶的标贴会选用感觉纯净的颜色，以及一些流动感强的线条以示水质的清纯……所以说，包装装潢设计是从审美信息心理角度解决包装的精神功能问题的关键。（如图1-14至图1-16）

　　包装装潢应具有实用性和艺术性。实用性是包装装潢的内容，艺术性则是包装装潢的形式。如果一个产品的包装装潢没有实用性，那么它的艺术性就会成为专供审美、表现个人情感的艺术品。因此，在这里实用性和艺术性要达到和谐与统一，使包装装潢完成它宣传和美化商品的重要作用。

　　从商品销售包装选用恰当的材料、包装造型、排列结构、容器、标志、标记、文字、图案、摄影，以至产品说明、宣传科、印刷广告等，凡是在商品流通使用过程中视觉感受得到的部位和附件，都是包装装潢设计的范畴。还有相当部分产品的装潢手段主要以新颖美观的材料自然肌理、独特的造型结构、别具风貌的工艺手段来体现，有的个性包装甚至不需包装材料及造型结构以外的任何画面装饰。这些都充分说明了包装装潢设计还包括包装画面以外的合理选用材料、包装造型式样、排列结构、附加物件的设计等方面的重要因素。

　　总之，包装装潢设计总揽了销售包装的整体和系列设计，从推销商品和保护商品出发进行包装装潢的统筹整体设计，这就是现在包装设计的时代要求和特征。

图 1-14

图 1-15

图 1-16

第二章 产品包装的功能

现在，人们开始真正关心自己的需求。从精神需求到物质需求，从衣食住用行的物质财富，到对亲情、友情、爱情需求的生理满足。设计师从人性角度迎合了人们的愿望，使得物质的设计得以充分发展起来。

功能，是为了解决人在设计和使用物品时产生的生理上或心理上的问题而存在。功能和技术是联系在一起的，科学技术才是解决实际功能问题的最好办法。艺术是形式美的问题。技术把艺术变得真实，艺术则使技术充满灵性。设计艺术创造的是人们在消费过程中的心理和生理的审美需求。当我们设计出一件物品时，人们首先会问有用吗？罐头的开启方式由困难的用工具开启转化为了现在的易拉形式，证明，设计物品的功能是以人为中心的，物品的材料选择、结构形式、造型等，都必须以人为本，要充分考虑到人的心理因素和生理的舒适程度。

包装设计，由原来长期的以保护商品安全流通、方便储运为主，到美化商品，进而至现代一跃而转向依靠包装推销商品，起无声售货员的作用，可以说是包装从不断满足对物质的保护与贮运功能要求的基本阶段，发展过渡到包装的审美文化精神与方便功能要求的高级阶段。同时，现代包装发展分化出运输包装和销售包装的概念，从广义上看包含了物质功能与精神功能两方面的要求，但只是在包装的整体设计中各有侧重而已。

包装的物质功能设计：容纳、包裹、捆扎、保护商品的内容质量、性能、形态不变，方便生产与储存运输、展销、携带、消费，降低成本消耗，提高功效，有利于环境保护与包装废弃物的回收利用处理等。其重点问题在于解决包装的理化功能与技术结构。

包装的精神功能设计：充分满足消费者对商品的物质与审美文化需求心理，以艺术的手法，通过包装的材质、造型、图案、文字、色彩塑造商品的文化风格与品位，树立美观和独特的商品形象，准确迅速地传达商品信息，美化商品，吸引消费，提高商品身价与附加价值。其重点在于解决包装整体系统的视觉传达功能。

当我们将包装作为一个物品的时候，狭义上其基本功能有三种：

图 2-1

图 2-2

第一节　保护功能

保证包装内的产品不被外界环境所损坏,保护产品的内容、形态、性能,保护消费者安全地使用产品。同时,也要产品实施保存功能,用保温、冷藏、保险等各种技术手段,以防止产品腐坏变质。视商品属性及需求,有时为了延长商品寿命,包装的功能性往往胜过视觉表现,甚至必须付出更多的包装成本。像罐头、新鲜膜等包装材料的开发,就是为了让消费者使用商品的时机不受时间、空间的影响。各种酒类的造型包装就充分考虑到了这一点,使用瓶盖的密封工艺保证酒的品质与口感;药品包装中也广泛使用了铝塑泡罩包装的工艺,使药物免于受潮。(如图 2-1 至图 2-5)

图 2-5

第二节　方便功能

通常的商品都是从工厂发货到批发商手中,然后再经过了各种渠道,如商场、超市、小卖部等地方后才转入消费者的手里。这个过程当中,商品的包装是否便于卸载,便于携带,其重量或是分件包装是否利于消费者提携,这些都是值得研究的问题。一个完整的包装既要便于搬运装卸,方便生产加工,方便仓储,方便陈列销售,方便消费 (如开启、收藏、携带、使用),又要便于包装废弃物的回收处理等。无论是生产者、搬运者、保管者、销售者,还是最终的消费者,都会要求包装的

图 2-6

图 2-7

方便功能得以提高，以此增强包装的时效和应用效果。（如图 2-6 至图 2-10）

第三节　传递信息功能

一个产品的包装主要在于依据产品的性能特色和流通意图，通过包装的材质、造型、结构、色彩、文字、图形和符号等，塑造商品真实美观的形象以引人注意，正确引导消费，唤起消费者对产品的信任感、经济实惠感和心理满足感，以产生购买欲望，达到促进商品销售的目的。当我们注意到了产品需要被保护，需要被人性化使用之后，还要根据产品的需求定位。确定组合成产品包装的基本形态和包装方式，然后在此前提下，再增添必要的文字、图形、色彩以及其他必要的注意事项，让包装充当其信息媒介的角色。通过商品包装对不同地方、不同民族、不同符号特征的运用，能够使消费者对包装物品及其品牌产生信任感，使特定国家或地区的政治、经济面貌和科学与文化艺术水平得以体现。（如图 2-8、2-11 至图 2-15）

图 2-8

图 2-9

图 2-10

图 2-11

图 2-12

图 2-13

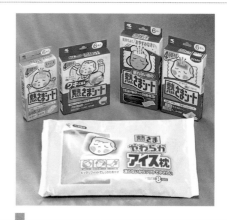

图 2-14

图 2-15

15 ● ● ●

西方传统哲学提出了对于物的三种基本解释，即物是一种特质或属性的承担者，是在感官中被给予的多样的整体，是有形式的材料。19世纪末到20世纪初形成了一种反对现实主义的生活方式，它否认艺术的思想内容，在表现形式上标新立异的形式主义中，认为"形式"比"形状"更抽象。这里，"形式"是指物品整体的定位方式。物品首先是愉悦视觉的，同时还要能满足人的心理、生理需求。因此，有形式感的商品的意义是市场、流行、品牌与经典，其设计意义是与功能、结构、材料如何结合的问题。正如贝尔曾经说过的："设计是有意味的形式"。

第一节 构思包装设计的定位

在市场上，人们游览于千万种商品之间，平均浏览每种商品的时间约1/4秒，这是商品的"黄金时间"。对于老品牌的商品包装来说，一般消费者只需花费8秒钟注意，然后在两分钟之后决定是否购买。而新的商品包装则要用45秒才能打动购买者的心，顾客对新包装的询问远比老包装要多。而在超市上所有的商品中有30％—40％属于刺激性购买，例如快速食品。因此，要将老商品换上新包装应该使其更有生命力。一般包装设计会按照商品的属性、档次、销售的地区和对象，来决定设计因素和格局，并进行品牌的定位与消费者定位，这些就称之为定位设计。

定位设计强调的基本思想就是站在销售的角度上考虑设计构思，力求把准确的信息传递给消费者，并给他们一种与众不同的独特印象。

通常将定位设计前的构思分为产品定位、商品定位以及消费者定位。

一、 产品定位

在竞争激烈的市场环境下，想要以最小的冒险开发新包装，就得用定位的方法来强调试图开发和投入的包装的特征。在进行设计构思的时候，若发现产品某种特点鲜明且有优势，就更应该采用这种方式进行。包装上的图形要清楚地反映出包装内容物、商品性质、用途特点、产品档次与格调。产品定位法可突出商品形象，使产品真实、清晰地再现商品的形态与品质。尤其在食品包装、纺织品包装、家电包装等方面具有不可替代的优势。

一般而言，包装的产品定位应首先考虑以下要素：

1.1 厂家的性质、生产方法和设备、技术因素以及生产规模。

1.2 该厂家及包装在同行中的地位和竞争对手如何。

1.3 包装的特征，包括大小、结构、材料、造价、价格和质量等。

1.4 包装的差异性，主要指不同厂家的包装在造型、形态、色彩、功能、价格和质量等方面内在及外在的特点，以及因设计师强调的个性不同所造成的差异。

1.5 包装所要求的精确性能。

当产品的成本高低不等时，外包装就直接体现了产品的档次。高档次商品在设计手法、材质、加工制作等方面都极为考究精美，其附属品也是经过精挑细选的。如雅芳的化妆品系列（如图3-1），典型的高档包装，造型独特，气质高贵，半透明凸纹玻璃材质与皇冠型瓶盖相得益彰，典雅神秘的紫色和优雅郁金香的组合更是突出了该系列化妆品的定位。反之，当产品档次属于中下水平时，在设计的过程中就会较多地从朴素、节约等方面进行考虑，但是，整体设计不能流露出寒酸粗糙的感觉。采用一些有气势、有气质的图形或照片，与一些富丽堂皇的颜色配搭，即便是普通材料也会变得大方得体。（如图3-2）

图 3-1

图 3-2

通常消费者嘴边挂着的"品牌"就是以其统一的商品形象牢牢地抓住消费者的眼光。当消费者站在冰柜前，闭着眼睛都能说出蓝色的是百事可乐，红色的是可口可乐，或者红色的雪糕是和路雪，蓝色的是雀巢……在这里，各大品牌的产品运用统一的色彩、字体、图形等作为包装的主要视觉元素，在堆满商品的货架上轻而易举地以其集中鲜明的面貌吸引消费者，并带给消费者牢靠的信誉形象。

三、消费者定位

作为包装，其最根本的属性是具有使用价值，包装的商品化不是设计的最终方向，设计的最终目的应是为广大消费者提供称心如意的消费品。消费品的好坏将直接影响到以后的购买行为。消费者定位就是从消费者的角度出发，分析消费行为和特征，来确定包装设计的方向。

当商品的消费对象很明确时，设计构思就可以以特定消费对象为定位方向，通过包装的画面形象，使顾客感受到这件商品是专为"我"生产的，或是专为"我"的家人、朋友生产的。

站在消费者的立场替他们着想，可这样进行：

消费对象。包括消费者的年龄、性别、身份、职业和文化程度等。

消费者的经济状况。这点将直接影响消费者的购买力以及购买商品的档次。

消费方式用来确定是否有集团性消费的倾向。

消费的地域性，用以考虑地理、气候、节日、社会习惯和宗教信仰等。

消费行为，以此可以参照消费者的购买心理、生活方式、个性及喜好等。

进行这样包装的手法多种多样，可以像日本的这一系列护体产品这样（如图 3-3），采用直白的女性躯体和商品名称来明确产品的受众群体以及产品的适用范围；还有迪士尼婴儿用品的礼盒包装（如图 3-4），用粉嫩的颜色，写实的绘画手法，将大众耳熟能详的米老鼠与唐老鸭完全婴儿化，刻意拉近与孩子们的距离，充分调动女人的母爱，那么疼爱孩子的母亲会主动购买这些产品以表达自己对孩子的爱意。

第二节　设计形式

经过一系列各种形式的定位之后，根据产品的需要，可将产品确定为是用单件、配套、系列化，或是POP的形式来出现。

一、单件包装

单件包装也称为基本包装，指的是与产品直接接触的包装，是零售中最小的单位。其主要功能是保护内装物及方便产品的使用，并且能正确传达商品信息，提高商品附加值，达到促销目的。（如图 3-5 至图 3-7）

二、商品定位

在产品的商品化进程中，设计活动只能围绕市场进行定位。产品完全进入市场后，不同的设计活动有各自不同的定位方向，在定位中各有侧重。包装中的商品定位是指以市场为准绳，展开分析，使设计目标清晰化，从而确定最终的定位。因此，要从以下方面着手：

商品的属性，包括牌号、商标、价格和重量等。

商品的包装策略，除考虑包装的基本功能外，更应关注包装的货架效应。

商品的销售渠道。产品要经过中间商才能与消费者见面，商品化过程一般离不开销售渠道定位。

销售场所和方式。是在超市的货架上，还是在一般商店的柜台或橱窗里，等等。

商品的陈列方式。是在特定的销售点，还是按厂家分开陈列，又或者是按类别混在一起陈列。

图 3-3

图 3-4

图 3-5

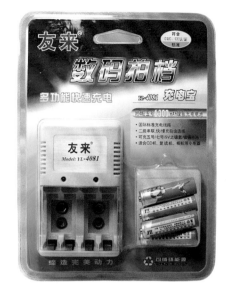

图 3-6

图 3-7

图 3-8

在我国的包装领域内，单件包装多运用于特产方面。这类包装突出强调自己独特的形象和个性。使用材料广泛，形态也不拘一格。

二、配套包装

配套包装是指同类品种的产品合成一组的形式。其对象可以是一起生产、一起陈列、一起销售、一起使用的产品。配套包装可以按产品的配件进行组合，如婴儿用品的礼盒包装，可包括奶瓶、奶嘴、吸奶器等；也可按产品使用步骤组合配套，如化妆品系列礼盒中有洗面乳、柔肤水、润肤露等；又或者产品按一定的规则配套，促使一些产品发挥协同工作的作用，如中秋月饼礼盒中，除了摆放月饼在里面，从解腻口味的角度出发，还放置了茶叶或是泡制茶叶的器皿。这些配套的商品，方便了顾客，又有利于扩大销售。

配套包装设计应将各个包装赋予共同的特征而形成一套，尤其要使各包装相互间产生协调感、整体感，以引起人们成套购买的欲望。这样的包装形式给人以精致、完整的高档次的感觉，消费者常以此为礼品互相馈赠。因此，在设计上更要追求严谨完满与和谐统一。（如图 3-8 至图 3-12）

图 3-9

图 3-10

图 3-11

三、系列化包装

由于现代商品生产的高速发展，同类产品的花色品种日渐增多，在市场竞争激烈的情况下，单一的商品形象正被琳琅满目、五光十色的众多同类产品冲击、淡化，甚至淹没。系列化包装设计则有利于树立企业群体产品的整体形象、企业信誉和企业产品竞争力。

1. 系列化包装的优势体现

首先，它根据多样统一的原则，使同一企业产品的单一体包装有机地统一、联系、组合成为系列化群体，在货架上大面积占领展示空间，从视觉上产生强烈的冲击力以压倒其他商品，加强了本系列商品包装对消费者的吸引力。（如图 3-13 至图 3-17）

图 3-12

图 3-13

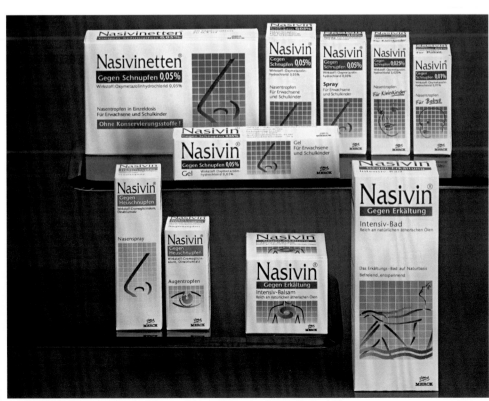

图 3-14

图 3-15

图 3-16

图 3-17

图 3-18

其次，有利于树立名牌和企业的形象信誉。系列化包装展现了同一企业的多种产品，使商标与系列化包装的统一视觉形象重复展现，不但易于加深消费者对商标和企业的印象，树立起名牌商标的形象，还显示出了企业的实力，提高了顾客的信任感，由此带动企业其他产品的销售。（如图 3-18 至图 3-20）

图 3-19

图 3-20

再次，系列化包装可方便后继性新产品的包装设计，缩短设计和设计审查周期，方便制版印刷，节省产品广告宣传费用，还有利于产品配套服务，方便顾客识别选购商品。

2. 系列化包装的形式手法

系列化包装在设计上强调不同规格或不同产品的包装在视觉上的统一格调形式及整体效果，但又不是同种商品等量同型包装的重复组合。因此，在体现企业多种商品包装特定统一象征性视觉特点的大前提下，要表现各类商品的特有个性，在统一中求变化，以求丰富的包装效果。

突出统一的商标牌名形象，用统一的主题文字字体，形成系列化。这种形式手法是根据包装设计的实际需要，通过突出醒目的商标牌名形象和鲜明统一的品名字体，给人以系列化的印象，同时又保持了丰富多样的不同商品的特点。（如图3-21至图3-24）

图 3-21

图 3-22

图 3-23

图 3-24

图 3-25

在酒类、电池、洗涤剂等产品的系列化包装中，可采用完全相同的包装造型、图形、文字、色彩等装潢形式，而以大小不同的容量规格品种形成系列化。这种形式手法，有利于突出特定商品的独特形象与信誉，满足消费者不同的需求。（如图 3-25 至图 3-27）

图 3-26

图 3-27

采用统一的包装容器与同样的视觉设计方案，只要改变装潢中的主色调，印成数种不同色调的同种包装或标贴，集中陈列展示，就达成了丰富多彩的系列化效果，提高了群体展示的货架冲击力，也增强了消费者对包装的选择性。这样的形式手法，在印刷制版与生产加工方面，不需要增加包装成本，只要在印刷中洗版换色即可。（如图 3-28）

总而言之，系列化包装包含形态、大小、构图、形象、色彩、商标、品名、技法等几个元素。通常情况下，商标、品名和技法是不能改变的，其他元素中至少有一项保持不变，就可使产品产生系列化效果。

四、POP 包装

POP 包装是一种典型的广告式包装，是在激烈的商

图 3-28

品竞争中兴起的一种流行的包装与广告结合的形式。它可以在令人眼花缭乱的商品中突出自己，进行自我宣传，也可以强化商品宣传效果和节省广告费用，起到导购的作用。

这类包装形式首要的要求就是醒目，设计要鲜明地突出表现商品的名称、标志、图形、文字和色彩，使整个外包装画面富于装饰性、跃动感强，给人留下深刻的印象，无形中强化消费者对商品形象的记忆。其次，包装要富有趣味性，除图形、文字等元素要充分灵活运用，更重要的是要简明地表达出商品的特点、优越性、用途及使用方法等，继而更引起人们的兴趣与好奇。最后，因为POP包装是指在销售点通过包装本身的"广告牌"配合产品实物进行宣传，设计时要特别重视卖场的心理攻势，利用富于感染力的画面、生动的广告语和直接性的销售包装，促使消费者产生强烈的购买欲。（如图3-29至图3-32）

图 3-31

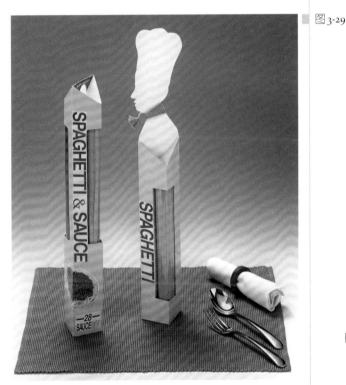
图 3-29

图 3-32

图 3-30

设计的产生是人们通过观察世界、认识世界、审美世界后设想与改造世界的计划过程。设计者通过观察，将自然界中的无形转变成有形，再通过图像来表达传递意思、信息和审美。设计视觉的结果是通过眼睛去认知万物的设计语言，如线条、平面、空间、光色、结构、质感、节奏等。因此，视觉观察是认识物品的前提。人们会通过视觉观察"认知其形象"，到心理观察"感受其形象"，再到审美观察"创造其形象"。也会将物品与精神的设计基础联系起来，通过意识、思维活动来设想和计划出"新物品"的轮廓。所以，现代设计的重要任务就是将过去脑中的"幻象虚拟"转变为实际生活中"真实"的表达。

包装的装潢不但是对产品外包装的画面装饰，还必须是准确传达产品信息和视觉审美相结合的设计，是对产品内容的广告宣传。包装装潢的视觉信息包括图形、线条、文字、图片、色彩等元素的形态及各元素在包装画面中的配置。这些元素会将企业或商品所要表达的信息、观念、资料传递给消费者，带来视觉冲击的效果，使消费者产生兴趣，集中注意力，进而达到促销的目的。产品外包装必须表达的主要有三部分：

（一）表现重点（如图4-1、图4-2）

1. 商标；

2. 公司及商品名称；

3. 线条、图形、色彩等。

（二）文字表达（如图4-3至图4-6）

1. 生产厂家的名称及地址；

2. 商品说明与使用说明；

3. 产品成分、重量及体积。

■ 图4-1
■ 图4-2

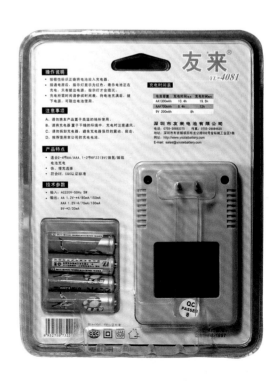

图4-3

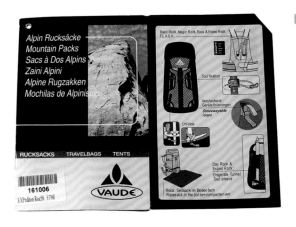

图 4-4

图 4-7

图 4-5

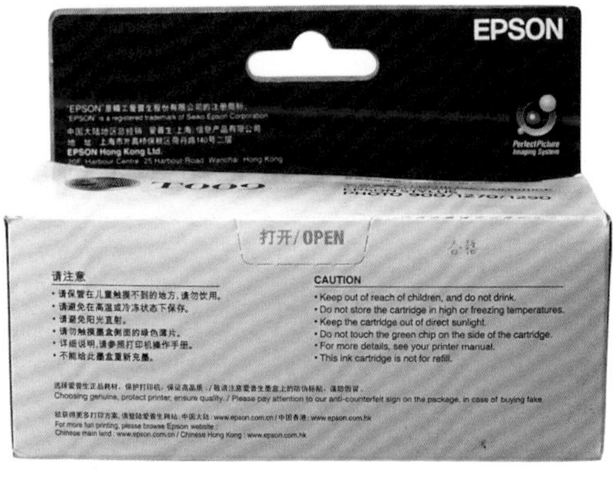

图 4-6

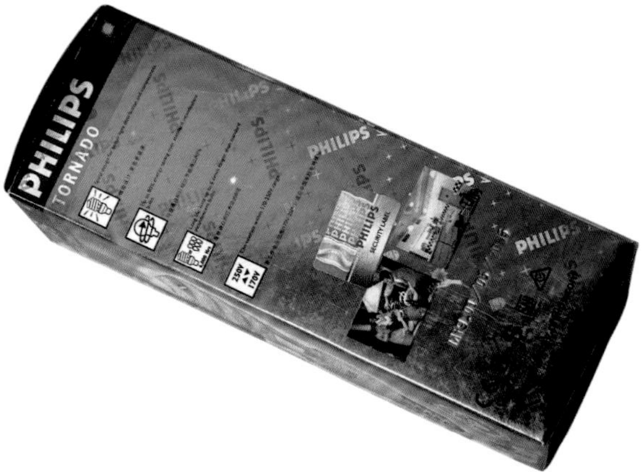

图 4-8

（三）其他（如图 4-7 至图 4-10）

1. 国家许可证字号、印花、完税标记；

2. 标价及其他交易资料；

3. 销售促销及广告资料。

图 4-9

图 4-10

图 4-11

第一节　色彩语言的选择

所谓"远看颜色，近观花"，说明色彩有先声夺人之效，人们对商品的第一印象也是从包装的色彩得来的。对于需要具有强大货架冲击力的商品来说，色彩就有举足轻重的作用。如何作色彩的选择，对包装设计来说就至关重要。

首先，要懂得色彩本身的特点和对人的心理感情作用。如红色最具有刺激性，容易引人注目，它的情感象征意义是甜蜜、浓郁、幸福、营养、积极、活力、喜悦、热烈、喜庆、刺激等；黄色是最明亮的色彩，它代表香脆、芬芳、纯净、温暖、滋润、光明等；紫色是一种后退的、沉静的色彩，它给人以优雅、名贵、甜美、醇厚、深邃的感觉等。

一、研究消费者的心理

1. 年龄与性别

色彩是有性别、年龄之分的，要根据产品设计的定位和产品销售的对象来进行色彩的选择。一般说来，儿童喜爱极鲜明的颜色。如婴儿偏好红和黄；四至九岁儿童最爱红色；九岁以上儿童最喜欢绿色；七至十五岁的学生，男生喜爱的颜色依次为绿、红、青、黄、白、黑，女生喜爱的颜色依次为绿、红、白、青、黄、黑，比较一下，不难看出，女生比男生更偏爱白色，绿和红是男女生共同喜爱的颜色，黑色是不怎么受欢迎的；青年人喜好明亮热烈的色彩，如黄色、橙色、粉红色；年龄大些的，则趋向于平淡色调。一般而言，明快艳丽的色调

图 4-12

更易受女性青睐，男性则比较容易接受沉着冷静的色彩。（如图 4-11、图 4-12）

2. 文化和宗教的影响

民族不同，风俗习惯不同，爱好、禁忌也不同，受教育程度、文化层次不一，对色彩的喜好都不一样。有人认为，文化水平与喜欢中间色成正比。黄土高原和云贵高原一些少数民族或者边远山区的人们，喜爱大红大绿等一些极鲜艳的颜色，那既是和他们生活的苍凉、浑厚的高原、大山背景相和谐、统一的，又是他们顽强的生命力以及他们对生活的热爱的外在表露。而对现代文明程度稍高的城市而言，人们偏爱的是淡雅、清新、明快的颜色。对于中国人和西方人来说，西方人视粉红色为生命之色，因为粉红色能产生多愁善感、易激动和浪漫的感情色彩联想，这是和西方人热情、外向、夸张的性格相对应的；而中国人把绿色看成是生命之色，绿色

象征着希望、青春、朝气，绿色也代表着和平、稳定，有安于现状求安宁的情感成分，这又是和中华民族含蓄、稳重、平和的美德分不开的。

3. 市场销售

不同的商品，对包装色彩要求不一样。美容化妆品，多采用较柔和、娇嫩、洁净的颜色，如粉红、淡黄、白色等，以体现使用产品后的功效；食品包装，一般以嫩绿色表示蔬菜的鲜嫩，以蓝白色表示纯净水、矿泉水的清凉可口，以高纯度的红、黄、橙体现食物的色、香、味和营养感，以丰富的复色表达美满的醇香和悠久的历史；玩具包装用色鲜艳，色彩对比强烈明快，这适合儿童的心理特征。（如图4-13至图4-15）

同一商品的销售市场不同，包装色彩要求也不同，尤其是出口商品，一定要弄清楚那个国家的人们喜欢什么颜色，忌讳什么颜色。在东南亚和欧洲，视黄色为高贵的王室御用色，代表着神圣和尊严；在美国，黄色也是深受人们喜爱并被广泛运用的颜色；但在日本，黄色却有不成熟之感，象征着遭殃，有趋于死亡之意。所以，在美国行销不衰的"百事可乐"饮料，由于包装商标的主色调是黄色，在日本市场滞销，惨遭失败。

不同档次的商品，色彩也应有所不同。高档商品的包装色彩力求高贵华丽，多采用金色、银色；中低档商品则着重于消费者的心理，强调要与商品本身相协调。

图4-13

图4-14

图4-15

4. 色彩的保护功能

色彩本身有保护功能，有隔光、反光的性能，要根据商品本身的特性和保护要求选用色彩。如啤酒瓶用棕色和深绿色，玻璃药瓶也多用棕色来隔光，以延长商品的保存期。（如图4-16）

■ 图4-16

5. 季节性

色彩会使人产生季节的联想，黄绿色代表春天，红棕色、咖啡色代表秋天。考虑季节性，对于一些季节性商品如服装、果蔬等尤其重要。啤酒用的是深绿色瓶子，一方面可阻碍阳光直射酒液而致使其变质，另一方面可使人联想起夏日里丛林绿阴下的阴凉。

在包装设计的视觉表现中，色彩的共性与个性既有各自独立的内涵，又是相互照应，相互结合的。削弱色彩格调的个性化表现无异于削弱其产品的市场竞争力，但是，对产品的色彩表现如果脱离大多数人共同认识的基础，或是不能唤起人们产生合乎一定商业目的的感受，这种完全脱离一定共性要求的个性即使再独特也是不成功的。既要有一定的公共典型性，又要有独特的个性化色彩，这种包装才能在市场竞争中立于不败之地。

二、包装色彩的个性

1. 商品性

这是与一般绘画用色最大不同的一点。各类商品都具有一定的共同属性。医药用品和娱乐用品、食品和五金用品、化妆用品和文教用品等都有较大的属性区别。甚至同一类产品也还可以细分化，例如医药用品有中药、西药、治疗药、滋补药、一般药的不同。对此，色彩处理都要具体对待，发挥色彩的感觉要素（物理、生理、心理），力求典型个性的表现。例如用蓝色、绿色表示消炎、退热、止痛、镇静类药物包装色；用红色、咖啡色表示滋补药物包装色等。（如图4-17）

■ 图4-17

2. 广告性

由于产品品种的日渐丰富和市场竞争的日益激烈，销售包装视觉表现在广告化日趋重要，其中色彩处理当然是重要方面。色彩表现最终效果的晦涩和含蓄只有消极作用，因此必须注意大的色彩构成关系的鲜明度。如"柯尼卡"胶卷，不同色块的拼凑与冷暖色调的对比，表达出产品色彩丰富的特点，使小小的胶卷盒具有良好的广告效果，同时也保持了产品的属性意念。再如，可口可乐的包装形象已经成为国际语言，鲜明的红、白色彩不但产生了强烈的广告效应，也将产品意念表现得淋漓尽致。（如图 4-18 至图 4-21）

■ 图 4-18

图 4-20

■ 图 4-19

图 4-21

3. 独特性

有些包装设计中的色彩，本应按其属性配色，但这样画面色彩流于一般，设计师往往反其道而行之，使用反常规色彩，让其产品的包装从同类商品中脱颖而出，这种色彩的处理使我们的视觉格外敏感，印象更深刻，一般称为特异色。（如图 4-22 至图 4-24）

流行色，是合乎时代风尚的颜色，即时髦的、时兴的色彩。它是商品设计师的信息，国际贸易传播的讯号。当某种色彩倾向一般化之后，人们感觉缺乏新的刺激和魅力，又需要某一种不同的视觉特征，这个特征又被模仿而流行起来。现代包装设计中流行色的运用确实给产品带来越来越多的经济效益，广大的有远见卓识的企业家会高度重视色彩的作用。每年度国际流行色协会发布的流行色，就是根据国际形势、市场、经济等时代特征而提出的，目的是给人以心理和气氛上的平衡，从而创造出和谐柔和的环境。

图 4-22

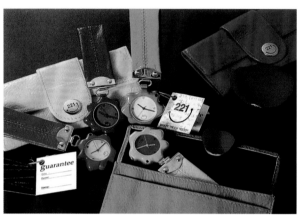
图 4-23

图 4-24

图 4-25

4.民族性

色彩视觉产生的心理变化是非常复杂的,它依时代、地域而差异,或依个人判断而不同。各个国家、民族,由于社会背景、经济状况、生活条件、传统习惯、风俗人情和自然环境影响而形成了不同的色彩习俗。(如图 4-25 至图 4-27)

例如,在我国,人们对红色自古以来情有独钟,大到国庆、春节,小至个人婚嫁、生日等,都以红色象征喜庆、吉祥。节日礼品包装上的色彩多用红色。

黄色是我国封建帝王的专用色,标志神圣、庄严、权威,它代表中心。在包装中用于食品色,它给人以丰硕、甜美、香酥的感觉,是一个能引起食欲的色彩。

绿色是大自然中草木的颜色,是绿色生命的色,象征着自然和生长。接近黄色的绿表示着青春感,象征着春天和成长;鲜嫩的绿色是叶绿素的颜色,会引起食欲,它象征和平与安全。茶叶的包装色就多用绿色。

蓝色的含意是沉着、悠久、沉静、理智、深远,它又代表东方的深邃与宁静。

此外,一些国家或地区对色彩有一定的禁忌。法国禁忌墨绿色,它会使人联想到纳粹军服而产生厌恶;沙漠地区的人,见惯了风天黑地,黄沙漫漫,对黄习以为常,只能在艰难的旅程之后遇到绿洲,得到生存所需的水和粮食,因而特别珍爱绿;伊斯兰教堂的尖塔、阿拉伯民族的国旗都以他们珍爱的绿色为装饰和象征,禁忌黄色。因此,应了解各国、各地区对色彩的喜爱和禁忌,特别是进出口商品包装上的色彩处理应注意适合国情,以提高产品在国际市场中的竞争力。

图 4-26

包装物品介绍给消费者，借以引起消费者的心理反应，再进一步把消费者的视线吸引到商品品牌及说明文字上，最终达到销售目的。

一、具象表现

具象是用写实、绘画等手法表现商品具体形象的一种表现方式。其优点是直观、鲜明、逼真，使消费者对产品的性质特点易于认识和理解。这种方式特别适用于那种色形俱佳的产品，如食品、玩具、陈设性器皿等。销售包装中透明开窗包装也是简单的具象表现方式。最常见的具象图形有写实摄影和绘画。(如图4-28至图4-30)

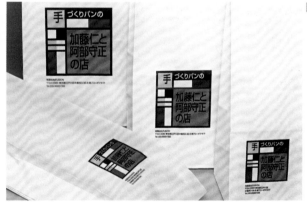

图 4-27

图 4-28

第二节　图形在包装中的应用

图形是一连串的视觉语言，是形、色、光同时作用于人眼的结果。它像色彩一样，能引起一系列的生理、心理活动，会使人产生联想。因此，在销售包装装潢中，图形经常作为主体要素来表现。

在商品销售包装装潢上，图形通常有三种表现方式：具象表现、抽象表现和象征、比喻、夸张等意象表现方式。从信息传递来看，具象表现属于事实传递，而抽象和意象表现则属于体验传递。一般事实传递要力求"形"似，真实感人；体验传递要力求"神"似，让人理解。不管哪种表现方式，都是为了通过视觉作用，将

图 4-29

図4-30

1. 写实摄影：视觉影像—刺激心理的变化—思维产生欲望—行动

广告摄影的逼真影像和图形,以及画面中用设计来搭建的虚构情节都恰如其分地应用着这一原理。让消费者从图像传达的信息里感觉到一种虚幻的魅力,真实地再现商品物体的形态,又以超现实般的精美影像呈现出耀眼的光芒,让消费者欲罢不能。摄影师在拍摄时,将实物的真实再现作为设计的第一要素,在拍摄的构思中融入对生活的感受,拍摄时营造出一种虚幻的憧憬,强调了视觉对摄影的期望。

最有典型代表的就是遍布超市的"方便食品"。在现代人紧张的生活里,饮食往往被挤压到了一个小小的空间,应运而生的各种各样的方便食品,以不同的品牌、口味、包装,来到了我们普通人生活的圈子里,在商品市场里一枝独秀,每年以数十亿的产量激增。让我们想象一下,一碗普通的加热的面条,虽然它香气飘飘,诱人口鼻,但一看那色相,由于机制或冷冻等原因,一定没有闻入鼻中的香味那样有强烈的诱惑力。如何做好这类包装的设计,就成为这类产品包装共同要去解决的热点问题。

包装,一种最贴近消费者的产品外衣,必须制造一个美丽的神话,借助于其他食品的综合特点来提升一碗普通面条的视觉感染力,营造出这样的画面:一碗热气腾腾的、散发着悠悠香味的面条,看上去油光铮亮、细

细滑滑,让消费者的口水直往肚子里咽。那就要求摄影师为了达到这样的效果而千方百计地动用各种技巧来实现这一目标。包装照片上的一口小砂锅,正在煮着的牛肉面,营造照片中的气氛需要摄影师选择合适的道具,烹饪牛肉、水煮面条,以及最后在画面上释放的水蒸气都要恰如其分地控制好。最后,在包装上为了区分不同的口味,"葱油肉丝"、"八宝辣酱"、"红油辣肉"采用不同的色块来作为设计中的元素,从而达到既保持设计风格上的统一,又彰显了照片作为第一素材的重要作用。

由于商品的属性在照片的表达中能得到极为真实的传递,人们在选购同类产品时,往往容易被最美的画面所吸引,他们相信拥有这件商品,就会拥有他们想象的美好感觉。商品在推销过程中总要借助美好的事物和美好的情绪,而这种情绪主要依靠视觉的形象予以传递,然后在某种程度上充分唤起消费者的想象力。如法国产的椰子酒(如图4-31),设计师明白酒如同美女一般容易令人沉醉,意味深长地让身着比基尼的曼妙躯体去掉了胸口以上的部分,是美是丑都已不重要,一切尽在想象与回味。这就是设计师对生活、对产品的体会,将这种抽象的感觉,寄托在现实生活中人们见惯不怪的现象或物体上,看似情理之中,却又出乎意料之外。引起消费者共鸣的商品,必然会带来好的销售效果。

一般来说,食品是最需要通过其真实的面貌来表现

图4-31

的一种包装,另外一些小家电包装也会采用照片的形式来传递产品的信息。而有些产品包装在设计上并不需要运用照片,它会使用更抽象、更含蓄、更有意境的方式来表达。摄影同样也可以拍出富有想法、充满幻境的图片,根据实际中设计的需求运用到该类产品的包装中。

2. 写实绘画

当实物摄影被广泛应用的时候,形象明确而生动活泼的写实绘画也仍被大量采用。写实绘画可以采用各种不同的绘画材料和工具,表现出不同的视觉效果,创造出不同的个性与形态。既可作精致的写实表现,又可自由地抒发情感,表现丰富的幻想,描绘超越时空的、奔放的构思。其漫画式的幽默感及人情味是技术局限的摄影手法所不能及的。(如图4-32至图4-37)

根据消费者的爱好和生产者对商品宣传的需要,对商品形象加以取舍,运用绘画的手段进行艺术处理和适当组合,使画面更集中、更鲜明和更理想化,以此更好地塑造商品形象。尤其是对于那些小版面的商品包装,绘画的图片比照片更适合。所以,国外有不少较高档的商品包装不用摄影,而采用绘画表现。

写实绘画的表现方式通常有三种:

(1)许多传统性商品和名贵商品常采用充满古典风格的绘画,来创造一种古色古香的气氛,借以显示商品的古老名贵。

(2)许多儿童食品和玩具商品常采用充满情趣的卡通或漫画,从而给儿童以强烈的心理诱导。卡通新奇稚拙,轻松幽默,主调简洁,且带示意性,通过漂亮的色彩以迎合儿童的口味。

图4-32

图4-33

图4-34

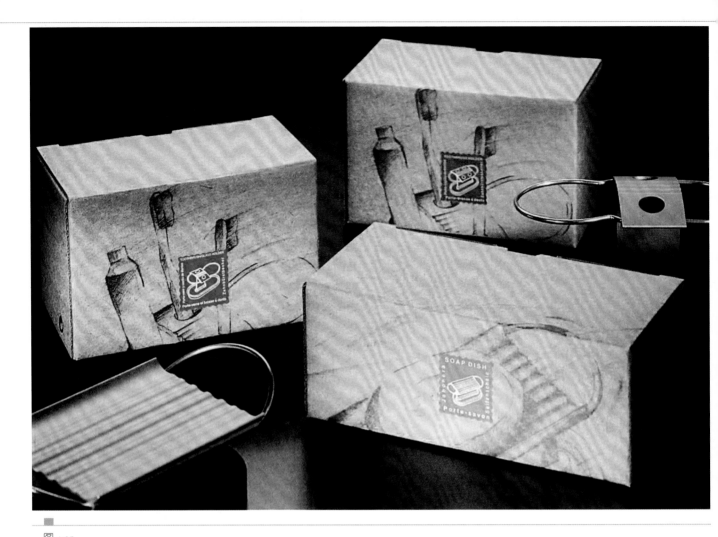

图 4-35

图 4-36

图 4-37

(3)运用水彩、水粉画技巧或喷绘技术，可以突出商品某些形象的质感，画面效果柔和，层次丰富。

二、抽象表现

那是在包装装潢中，运用点、线、面变化的组合，构成没有直接含义，却有间接感染力的抽象图形。因为，产品的外形是具体的，而产品的性质和特点则是抽象的。如芳香、舒适、凉爽、坚实、可口、精密……这些都只能通过眼睛以外的器官感觉。那么，抽象的表现方式就是透过视觉抽象图形，让人们通过心理反应而感觉到商品内在的性质和特点。

利用点、线、面各自的特点加以组合，形成曲直相依、方圆互用的万千仪态，创造出变幻无数的形式，表达出静止、运动、节奏、韵律、空间等效果，最能触发消费者的情绪和联想，产生良好的心理效果。（如图4-38至图4-40）

简单的抽象图形，突出的色彩配置，比复杂的、零乱的具象图形更具有震撼力。有些图形乍看之下，像是没有意义的几何图形，细看之后，可看到商品的标志，或是文字的图形，又或者是图文并茂。抽象图形的包装，能使人产生一种简单的、理性的、紧密的秩序感，并且视觉冲击效果强烈，能更快地达到销售目的。这种将商品变形的造型思考，以及对色彩的细腻要求，很需要设计师把握一个"度"，若不恰到好处就无法达到预期效果，甚至会引起消费者的反感。（如图4-41至图4-44）

图 4-38

图 4-39

图 4-40

图 4-41

图 4-42

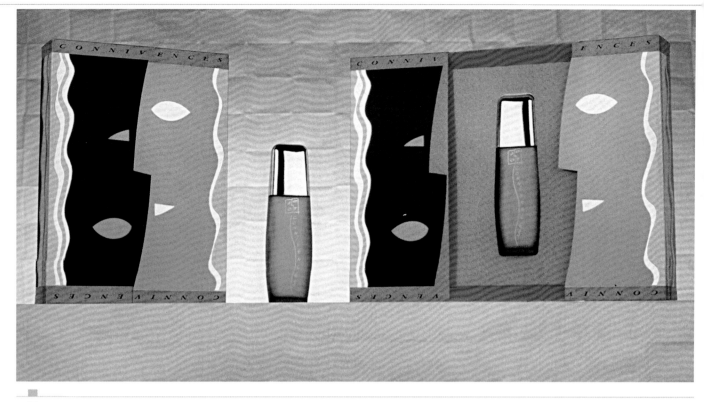

图 4-43

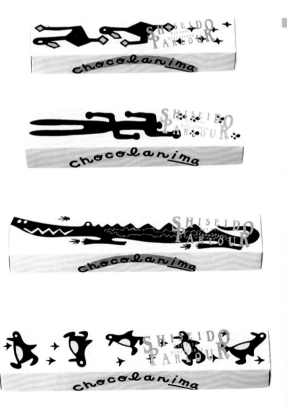

图 4-44

三、意象表现

包装装潢中图形的意象表现方式,主要有象征、比喻、夸张等。它属于一种体验传递,但很多情况下采用的是具象的表现形式。区别于逼真的表现产品形象,而是以其他事物的具体形象来寓意商品特点。(如图4-45至图4-48)

图 4-45

图 4-46

图 4-47

图 4-48

41

象征比喻是常用的方式。常以某种特定的事物来反映一种思想，能让不易区分清楚的道理变得浅显易懂，使抽象模糊的概念变得清晰明了。例如用松树比喻中药产品能延年益寿等。而夸张是对画面描写对象的造型色彩以至人物或动物的动作、神态，作有意识的夸大和缩小，以达到最强烈和最集中的概括。这种表现方式多见于以儿童为主要销售对象的商品。(如图4-49至图4-52)

图 4-49

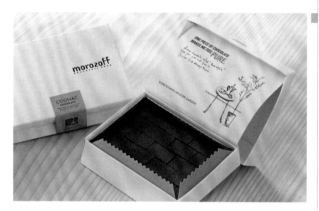

图 4-50

图 4-51

图 4-52

在出口包装中，因包装图形触犯进口国忌讳，造成进口货物被当地海关扣留，或遭当地消费者拒用的事例时有发生。因此，在意象表现的方法中，需要了解进口国家对包装图形的禁忌，这点至关重要。由于世界上不同民族的历史、政治、经济、宗教信仰和风土民俗不同，一些特殊的图形在不同国家和地区的喜爱和禁忌也不同，应根据世界各国对图形的喜好与忌讳，谨慎仔细地选择适宜的包装图形。（如图 4-53 至图 4-55）

图 4-53

图 4-54

图 4-55

不同国家对包装图形有不同的喜好与忌讳：伊斯兰教国家禁用猪、六角星、十字架、女性人体以及翘起的大拇指的图形作为包装图形，喜欢五角星和新月形图形；日本人认为荷花不吉利、狐狸狡诈和贪婪，而且日本皇家顶饰上用的十六瓣菊花图形也不宜在包装上采用，他们喜欢圆形和樱花图形；英国人将山羊比喻为不正经男子，视雄鸡为下流之物，大象为无用之物，令人生厌，不能作为包装图形，而更喜欢盾形和橡树图形；新加坡以狮城之国闻名于世，因此喜欢狮子图形；狗的图形为泰国、阿富汗、北非伊斯兰国家所禁忌；法国人认为核桃是不吉祥之物，而黑桃图形为丧事的象征；尼加拉瓜、韩国人认为三角形不吉利，这些都不能作为包装图形；香港地区有些人视鸡为妓女代名词，不适合作床上用品包装图形。

第三节　文字形象设计

文字是包装装潢的一个重要组成部分。产品外包装上可以没有图形，但不能没有文字。文字是人与人之间沟通的符号，在如今快速发展的社会里，文字已是最直接有效的视觉传送要素。文字通过大量的印刷媒体，将所要传达的信息很快地传播到各地，而包装作为企业行销媒体之一，文字在包装上是否应用得当，更决定了包装能否销售顺利。

包装装潢上的文字可分为：主体文字和说明文字（如图4-56、图4-57）。主体文字是指商品的品牌名称等这类标题字。处理这类文字要求不但要能传递信息，更应具有醒目的视觉效果，常从面积、位置、色彩、明暗等各方面突出表现。说明文字用来介绍商品的规格、数量、成分、产地、用途、功效、使用方法等。同一包装中，无论是哪部分的文字，都必须与商品的品牌形象互相衬托。力求体现产品属性与个性，注意产品特征与特色，同时又要保证文字具有良好的识别性和易读性。

包装字体类型主要可分为中文字体、拉丁字体、美术字体。

图 4-56
图 4-57

一、中文字体

汉字是我国独有的方块字，它来源于象形字，是古人从大自然万物形态美的奥秘中抽象出来，并逐步由象形发展到象意，不断概括、提炼而成的，所以汉字本身，就具有形象的表现性和概括的标志性。

自从有了汉字，书法艺术便随之而起，汉字的构图便有了对美的追求。书法艺术是一种抽象的艺术，它通过笔画的外表所表现的内涵是含蓄的、朦胧的、生动的、丰富的。书法有音乐的旋律，它于无声之中充满了快慢和谐的节奏感；书法还有绘画的意味，虚实相生、神情韵致、浓淡相映，是无彩的绘画。随着信息化社会的发展，市场竞争的空前激烈，各种姐妹艺术互相交融，互为贯通，彼此借鉴。在日本，一些优秀的设计师早把书法艺术融会到设计中，形成了日本的包装设计风格。这种设计传递信息准确，视觉冲击力强，主题突出，并具有浓厚的民族文化韵味。书法艺术活泼、生动，极具人情味。如古朴的篆书，来源于象形，接近于绘画；草书，笔走龙蛇，变化多姿，线条流畅，气韵生动，给人有音乐般的节奏感；楷书端庄匀整，结字平，笔实墨沉；行书浓淡相映，动静兼有，潇洒流畅，讲究结构的形式美感……这样的装饰手法在古玩、工艺品、中药、茶叶、酒等包装上运用得相当广泛，借以表现出浓厚的文化气息。（如图4-58至图4-60）

图 4-58

图 4-59

图 4-60

二、 拉丁字体

拉丁文字在包装设计中运用很广泛,可以分为印刷体、美术体等几种风格。其形式变化与汉字一样可以分为外形变化、笔画变化、结构变化、象形变化……拉丁文字变化首先要注意适应内容物的属性特征,其次是注意字体的结构、大小、粗细的比例关系与空间关系是否和谐。(如图 4-61 至图 4-63)

图 4-61

图 4-62

图 4-62

图 4-63

图 4-64

二、美术字体

但凡依据主体要求，设计出独特字体造型的，都属于美术字体。印刷用的字形、字体，最早在包装装潢上常常被采用，但印刷字体毕竟是一种主要为传递信息用的符号，并不能满足现代包装装潢讲究美观、表现个性与时代感的需要，加上很多商品，如玩具、电子产品、化妆品、休闲运动品等受流行影响比较大的产品，毫无变化的印刷字体已更难以适应。因而，时下在包装装潢上采用的文字字体，需根据不同的情况，不断设计出新的字体形态。美术字体的设计与其他艺术一样，都很重视空间、平衡、韵律、格调等因素，但最基本的要求还是"易读"。

1. 形象化字体

在汉字整体或局部的笔画上添加一种可视现象，使整体看起来既为字体又为图形。当字与图连成一体，能大大增加视觉趣味，容易给人留下深刻印象。当这种字形巧妙地应用于装潢时，可表达商品丰富的内涵。（如图 4-64）

2. 意象化字体

将汉字的特定含义，用强调或提示的方法，在字体结构形态上反映出来，就能组成意象化字形。这样的设计最大的特点就是平淡中见新意。（如图 4-65 至图 4-67）

图 4-67

图 4-65

3. 装饰美术字

充分发挥想象力，将字形重新组合，加以概括、提炼和进行种种装饰，进行合理夸张，使字体本身变得丰富多姿而富有情趣。（如图 4-68）

图 4-66

图 4-68

四、文字的编排

文字排列的目的在于将产品外包装组成一个有条理、有次序美感的视觉形象。完整的排列能使文字看上去更有表现力，更能增加包装整体设计画面的层次。文字编排要遵循主次之分、清晰醒目、符合视觉流程规律、符合整体美感要求等原则；要注意字与字、行与行、组与组之间的关系；从不同方向、位置、不同大小的画面上进行整体考虑。

销售包装装潢上的文字有品牌、品名、广告语、成分、数量、使用方法、生产企业等。文字排列应按内容主次，视标题文字还是说明文字来组织文字的地位、大小和所应用的字体。主体文字应占有绝对优势的位置，通过位置、角度、大小、轻重等手段来安排能充分突出主题字的空间，以此分清主次。（如图4-69、图4-70）

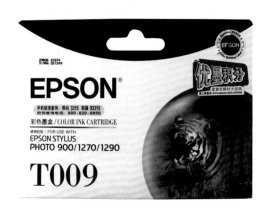

■ 图4-69

图4-71

■ 图4-70

图4-72

文字排列还要注意字距、词距、行距的关系，务必达到清晰易读的视觉效果。一般来说，汉字的排列行距空间应大于字距，这样才能使字行清晰。一些装饰变化大的美术字，它们之间的间距可以灵活多变一些。相对比较规则的说明文字，字距在横写时，约为宽度的1/5；竖写时行距为字高的3/4，这样可视性就会比较强。（如图4-71、图4-72）

当文字编排完毕后，应符合人们的阅读习惯。人们的阅读总是从上到下、从左往右，因此，文字的主次关系与这样的习惯相结合，才能达到迅速传达信息的目的。

就编排的形式变化而言，一般常用的有横排、竖排、斜排、圆排、阶梯排、轴心排、穿插排、对应排、重复排……在实际编排中，各种形式也可以互相结合应用。作为表现手段的文字编排与图形、色彩、字体一样，都是表达设计意图的"语言"。（如图4-73至图4-76）所以，设计还是要围绕产品展开，与产品特性相呼应，不能一味地追求独特、奇异的视觉效果，造成本末倒置。

图 4-73

图 4-75

图 4-74

图 4-76

第五章 包 装 的 形 态

设计中讲究的形态,是指通过对材料有计划、有目的的加工而制造物品。我们利用相似、重复或比例等手法将放在一起的形态,由内而外地形成联系,这样造出来的形态可称为人工形态。人工形态中的技术形态和艺术形态是设计的基础。设计物品终究是为人服务,因此,在技术形态与艺术形态之间还有功能形态,设计艺术将科学技术的成果转化为人们看得见、摸得着、用得上的物品。《现代汉语词典》中对"形态"的解释为事物的形状或表现,生物体外部的形状。这样就可以简单地将形态理解为形状和状态。

在包装设计中,其形态设计可包括容器造型设计和结构设计。这两方面,一面体现了包装的审美价值,另一面则体现了使用功能。两者的结合增强了商品的保护、消费与审美功能。同时,容器造型的优美与否,关系到包装装潢的视觉效果是否能够直入人心,唤起受众注意。而包装结构的合理性和科学性,也直接关系到包装生产制造、加工工艺和经济成本等问题。

第一节 组成造型美的元素

任何一种容器或其他工业产品都首先要体现为一定的具体形态,即造型。包装造型是指各种包装的外观立体形态,而包装造型设计则是指依据特定产品包装的特质与审美功能的要求,采用一定的材料、结构和技术手段创造包装的立体外观形态。该设计是由其本身的功能来决定形态的,其前提条件是一种功能目的,本质却可以是纯审美的。线、面、体、表面肌理、色彩等这些元素成为了造型设计的材料。这些材料通过各种方法组合,并根据视觉审美的需要而成为造型中的主要元素、次要元素,或者从属元素。主要元素是造型中最生动的部分,次要元素是在造型整体特征上对主要元素的补充,而从属元素的存在是为了使造型设计变得更具有三维感,增加另外两个元素的对比感。通过调整这些元素在造型中的比例,可在一定程度上影响造型最终出现的效果。

对组合成美的造型的抽象元素来说强弱支配的平衡是十分必要的,它旨在建立提高视觉稳定性和明确性的一种层次体系。眼睛借助一个稳定的聚焦点,有规律地审视设计,通过平衡整个造型中各种元素的组合,使视觉趣味得以维持。我们试图把自己周围的现实转变成各种具象的表达象征,用各种力学概念模拟我们在自然界看到的各种形式美法则。例如:

平衡:不是重量的对称平衡或中线均衡,而是达到逼真的动态分布;

统一:各种形体的统一,强调各种形体之间的调整;

对比:设计构成中不同形体的各种元素之间有力量的关系;

韵律:贯穿设计结构动感的主体,强调结构本身是否舒展或是重复;

连续:即设计结构中存在的动态连续。有时作为引导观者视觉的路径,有时则是视觉形体的总和。

秩序井然的设计有可能因单调乏味而使观者的新鲜感和兴致稍纵即逝;反之,如果设计太不规则,就会显得混乱而惹人烦恼,在该设计完成全部信息交流前丧失耐心。所以,当设计师安排整体造型元素布局时,须仔细考虑哪种组合方式在激发和维持观者好奇心的同时还能让他们感觉到美。如何审视这些元素的组合在造型中的视觉布局符合以上罗列的审美原则呢?

一、空间的线条

线是立体造型的最基本设计要素之一,是最富有表现力的一种手段。它反映的是一种趋势,一种动态关系。线的对比能强调造型形态的主次及丰富形态的情感。在包装容器造型设计中,线分两种:一种是形体线,一种是装饰线。

1. 形体线

形体线决定包装容器的主体形态和立体结构，即外轮廓线。其形状有很多，直线、大弧线、微弧线、大曲线、微曲线、长线、短线等，在设计时首先要确定容器造型以直线为主，还是以曲线为主，或曲直结合。直线所构成的形面和棱角往往给人以庄严简洁之感，曲线所构成的形面给人以柔软活泼和运动之感。形体线的复杂多变，决定了容器造型的多姿多彩和千变万化。（如图5-1）

图 5-1

图 5-2

3. 线的组合运用

了解线的个性，在最初的构成中，突出线与线之间动态的对比。如果一个造型全用一种形状的线型组合，那么这个造型因绝对和谐统一而显得单调，但如果以这种线型为主，再选择另一种与之对比的线型为辅，形成强烈的对比，让主体线条看起来更有个性并且活泼，这个造型就会生动起来。例如，在酒包装容器造型中，胸腹部一般采用直线，颈肩部采用曲线。通过长短与角度及曲直线型的变化，可以产生很多造型，而且性格各异。有的造型，胸腹直线部分较长，肩部采用端肩，给人一种庄严、雄伟之感。有的肩部采用溜肩造型，曲线弧度小，直线与弧线自然过渡，感觉清新洒脱、柔和秀美。（如图5-3、图5-4）

2. 装饰线

装饰线是指依附于形体的线，不影响整体造型，属于辅助线。它是容器整体造型的一部分，能起到加强瓶体装饰效果的作用。装饰线既能丰富形态结构，又能制造不同的质感和肌理效果。其方向、长短、疏密、曲直等对比效果的运用都能增加造型的视觉感。（如图5-2）

图 5-3

图 5-4

图 5-5

图 5-6

二、面的组成

　　面是一个只有表面方向和倾斜，没有体积的元素。但是，多个面的拼接能够形成一个或者多个群组的运动感。尝试利用多个面组之间的空间以及面组周围的空间，建立一种张力关系。利用面与面比例上的互补对比，面的边缘以及面的轴线之间的协调，让面的边缘反映出面的运动趋势。当个别面和面组的叠加创造出一个所有方向上的视觉平衡感时，该造型就创造出重复的、合理的、次序感的、规律变化的形式美感，体现出一种变化、重复、呼应之美。(如图 5-5、图 5-6)

三、基本体量

　　容器造型是有一定的体量的造型,体量指的是有明确分界线的各部分体积给人的分量感。要通过容器各部分立体体积的关系来研究造型的变化,并高度重视体量对比的特性。体量对比就是各体积分量感的对比,有"相同形状"的体量对比和"对比形状"的体量对比。一般许多容器造型是利用基本形的相贯、契入,或者由切割、组合基本形而形成。在这里,要充分考虑构成造型中哪部分的形体要占主导地位,哪部分形体是起到辅助

作用。作为主导的形体应该最生动有趣,而辅助形体不但要维持整体的三维感,还要弥补主导形体的单调感,增强形与形之间的对比。两种关系应该被组织成一种细腻的依赖关系,相互支持,相互加强,形成一种统一的视觉凝聚力。(如图 5-8、图 5-9)

　　在包装容器的造型设计中需要指出的是,造型的各个部分的体量虽然有时是和功能的需要分不开的,但把各体量关系处理好,会使造型更具有整体和谐的美感和可观性。一般的包装容器可分为瓶盖和瓶身两部分,而瓶盖并不一定总是以配角的身份出现,对瓶盖处理形式的好坏将决定整个容器的设计效果。纵观造型的整体,设计可以打破瓶盖小而低、瓶身大而高的常规,作为主导的最大形体没有硬性规定要放在底部。在进行个性化商品包装处理时,采用将盖部作为单独形体设计的方式会更容易吸引观者目光。运用几何法,将柱形、锥形或球形等基本的形体组合或在基本形体基础上进行切割、叠加而成多面体,充分发掘这些形体的固有特性和附加特性,在彼此达到依赖性视觉平衡和独立性视觉平衡时,整体设计将变得具有丰富的视觉效果。(如图 5-7、图 5-10 至图 5-12)

图5-7

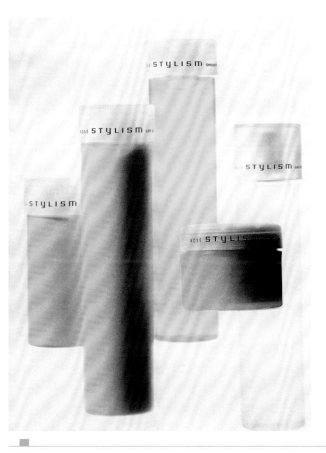

图5-8

图5-9

图 5-10

图 5-11

图 5-12

国内外一些知名品牌的化妆品造型设计，如法国名牌夏奈尔香水的造型设计就非常富有个性，其瓶身以长方形为基本形，只在每一面的转折处进行稍许的切割变化。整个造型简洁挺拔极富现代感，给人一种清澈透明的感觉。有些化妆品设计也很有特色，打破了以往经常看到的瓶盖小而低，瓶身大而高的传统造型，根据黄金比例进行组合分配，瓶身为直筒的圆柱型，瓶盖为大于瓶身的半圆型透明盖。造型富有变化，能够在众多同类产品中脱颖而出。酒容器造型设计下半部为直线型，上半部为半圆型，从小到大渐变排列，节奏感很强，瓶盖为银色发光体，瓶身为透明玻璃，橘红色酒与瓶体混为一体，独具一格。

四、肌理与色彩表现

在包装造型设计中，肌理可分为视觉肌理和触觉肌理。所谓视觉肌理，实际上是一种平面的视觉图案，而触觉肌理是只用手触摸才能感觉到的，它具有如浅浮雕的效果。偶然而不同的肌理纹，运用在包装设计中会产生不可捉摸的奇效，让整体造型处于一种无似无不似、不似而似的虚实模糊的状态。（图 5-13、图 5-14）

色彩，它借助光而显现，光的强弱变化调节了色彩的明度及相貌。当肌理与色彩在造型中结合时，不同的表层肌理折射的光能使单纯形体中盛放的液体颜色产生独特的艺术效果。

图 5-13

图 5-15

图 5-14

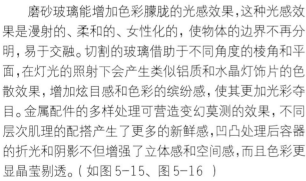

图 5-16

　　磨砂玻璃能增加色彩朦胧的光感效果,这种光感效果是漫射的、柔和的、女性化的,使物体的边界不再分明,易于交融。切割的玻璃借助于不同角度的棱角和平面,在灯光的照射下会产生类似铝质和水晶灯饰片的色散效果,增加炫目感和色彩的缤纷感,使其更加光彩夺目。金属配件的多样处理可营造变幻莫测的效果,不同层次肌理的配搭产生了更多的新鲜感,凹凸处理后容器的折光和阴影不但增强了立体感和空间感,而且色彩更显晶莹剔透。(如图 5-15、图 5-16)

　　一些艺术家认为,功能需要反映时代的需求,而各种人造物的形体则反映了时代的审美观,因此人们都会受不同时期审美观的影响。一幅绘画作品、一幅平面海报和一件日常用品,或者是一栋建筑物,它们在基本的视觉关系上没有什么本质的区别,只在于各自视觉造型的复杂程度和采用的材料及技术不同。所有这些领域都存在一个通用视觉原理,存在着次序和结构去组织视觉表达。在我们完成了造型设计中主要元素与次要元素的

关系处理后,再次细化设计时,确定需要突出的比例关系,让所有结合的元素都体现出一定的结构性,以保证每个设计元素都在造型整体中起作用。设计中所有的视觉关系应该被组织成为一个依赖关系,所有元素要互相支持和加强。(如图 5-17 至图 5-21)

　　总的来说,创新的造型设计需要在视觉上能够超越各种界限,并且能够为各种新材料和新技术构思出各种新形体。创造一种纯粹视觉体验的规则秩序,通过它,面对任何造型设计时都可以加深我们对抽象元素的理解和认识,以此设计出美的形体。

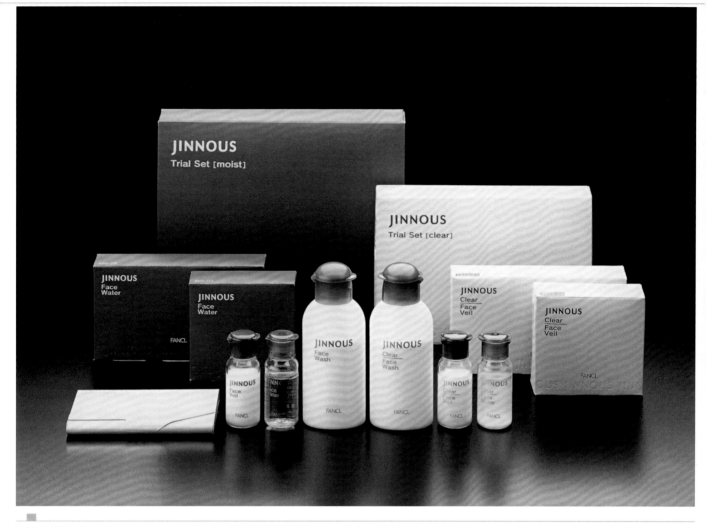

图 5-17

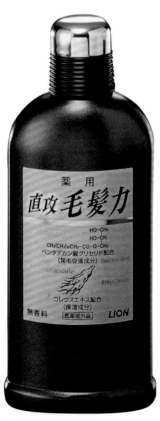

图 5-18

图 5-19

图 5-20

图 5-21

第二节　科学的包装结构

现在包装发展的一个重要特点就在于新材料、新工艺、新结构的应用。科学的结构设计不仅要求好看，而且要求好造、好用，这就是结构设计的基本要求。

一、固定和活动两种结构形式

固定的结构主要指由不同的造型或材质互相套合、镶嵌、粘接等组成。在高档的化妆品容器或酒类容器上应用较多，这种结构以严格的结构美和工艺美来显示商品的现代感，具有独特的艺术效果。

活动型的结构主要在于容器盖部的处理：

螺纹旋转式。以连续纹旋转扣紧，盖内另加衬垫物，是最常见的一种盖型。

凸耳式。盖内沿有凸耳，从容器口部外侧非连续螺纹空缺处旋入。这在罐头和食品容器设计中采用较多。

摩擦盖。无螺纹或凸耳，内侧有一层弹性垫圈，盖上容器口以垫圈包住容器口部形成密封。多见于化学和医药用品包装。

机轨式。用延展性强的薄铝在容器口部加以机械轨而成，类似旋式转盖。（如图5-22）

扭断式。这是机轨式盖的发展形式，盖下部有一圈齿孔，使用时扭断盖子而沿齿孔断开可旋下盖部。广泛应用于酒类、医药及食品容器设计中。（如图5-23）

撕裂式。类似扭断式，盖下部有两圈齿孔，使用时只需撕开两齿孔中间部分，盖部会自然脱落。这在医药用品包装中应用较广。

图 5-23

易开式。在盖部设计一个可翻可拉的结构，并打上一圈齿孔，使用时只要把可拉结构翻过来，沿齿孔方向拉开，就可打开盖部。许多饮料及罐头的盖部设计多用这种结构。（如图5-24、图5-25）

冠帽式。沿边缘压制一圈齿形扣边扣住容器口部凸边，盖口也有衬垫，形如冠帽。比如啤酒瓶盖和香槟酒的瓶盖。（如图5-26）

图 5-22

图 5-24

图5-25

此外,在这些结构上发展了一些复合结构,一般包括多层盖、挤压盖、喷雾盖、配套盖、带孔盖、带柄盖等。

图5-26

盖部的结构多种多样,设计师要了解如何选择适当的结构和材料,才能更好地保护产品以及方便消费者使用。

包装容器主要是用来盛装商品、保护商品的。设计盖部时,根据包装的内容来考虑,必须了解其内容物的状态是固体、液体还是气体,要考虑内容物的物理化学性质,如挥发性、腐蚀性、防潮防湿性、耐火性等各方面。例如,啤酒、香槟酒的瓶盖设计,就必须考虑到其挥发性,瓶内压力大,盖部的压力大,盖部的强度必然很大,因此要避免使用普通型的瓶盖。又如香水,由于

其具有很大的易挥发性,这类包装容器盖部的口径宜小不宜大,以减少存放中的挥发损耗和控制使用时的用量。(如图5-27、图5-28)

在现代包装设计中,从人性化的角度出发,包装容器不仅仅是便于储存、运输和销售,还得有利于消费者的使用方便。例如早期的一些保健口服液就是用玻璃瓶密封,使用时用小砂轮在其口端磨一圈印痕,然后敲掉其顶部,再用吸管,整个过程极为不方便,同时也有一定的安全隐患。如今,大部分饮料及口服液多采用盖部

图5-27

图5-28

是用铝箔或铝箔复合结构材料密封,只需消费者用吸管用力插入即可。

二、纸盒结构

在日常生活中纸盒结构的包装形式出现得最多。这是由于纸材轻便、易于加工,可以与其他材料复合使

用，较其他材料更易于处理所决定的。将纸材通过结构设计、绘图、排刀、切压、折叠、黏合等工艺成型，就可以较自由地变化出各种所需的款式，而那些工艺就决定了纸盒的基本造型。包装纸盒分粘贴纸盒和折叠纸盒两大类。前者多用于较为高档的产品包装或礼品包装，成本较高；后者由于适合大批量生产加工，是应用最广泛的一类。

组成纸盒结构的方法主要包括锁口、间壁、结扎、粘接等。

锁口：纸盒各部分的面相互可以进行锁口连接，其形式主要包括互相插入切口的差扣式和互相叠压的压扣式。（如图5-31）

间壁：为了加强纸盒的抗震性、抗压强度。可以进行间壁结构处理。间壁形式主要分为盒面延长自成间壁的形式和附加间壁装置的形式两种。（如图5-29）

结扎：多见于装饰性的纸盒结构，如礼盒、化妆品等。结扎的材料选用广泛，视包装的产品特性而定。（如图5-30）

粘接：用黏合剂或涂布黏合剂的封签连接不同的面或其他附加部分的结构形式。

一般纸盒的基本构造包括盒盖、摇翼、盒身及盒底四部分。其中，盒底是纸盒承重、抗压、防震动、防跌落等因素影响最大的部分，是纸盒结构设计的基础。盒底的结构形式一般有以下几种：

抽舌式。是应用最广泛的一类，具有结构简单，易于加工应用，盒底越小，负荷力越强的特点。多用于牙膏、医药等小型的产品包装。（如图5-33）

图5-29

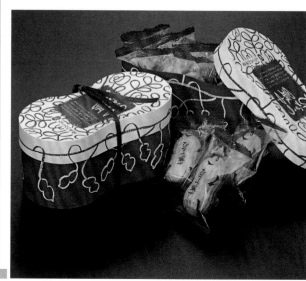

图5-30

图5-31

图 5-32

图 5-33

图 5-34

图 5-35

粘接式。以盒底两壁或四片摇翼黏合作为盒底。其封合性能好，可承受较重的容量，具有防漏的性能。一般适于装液体或粉状物品，可以机械化加工生产。

锁底式。这种形式是在盒底四个摇翼部分设计成互相咬扣的结构进行锁底。该结构承重性能好，加工方便，应用广泛，分为自动锁扣和半自动锁扣。（如图5-32）

连翼内封式。将盒底四个摇翼连接成为两部分，通过内封形成盒底。其强度高，密封好，有较大承重性，一般适于中型包装。

掀压式。在纸盒顶端运用弧线或斜线压痕，利用纸板本身的强度和张力，掀压摇翼即可起到封底和封口的作用，但只适用于容装轻量物品。

托盘式。将盒的几个边延伸出盒身的几个面，设计成不同的盒身扣结，形成盘式盒底。也可以设计成粘接结构形成盒底。（如图5-38）

摇盖式。应用最普遍的纸盒，盖的一边固定，另一边摇动开启。（如图5-34）

套盖式。这种样式的盒盖与盒身不连接，以套扣形

式封闭内容物。包括了对口盖盒、罩盖盒、帽盖盒三种类型。（如图5-35）

对口盖盒是盒底与盒盖相接对口规格相对在一条线上，上下结合处形成直线，经装潢处理给人以端庄高贵的感觉，多用于礼品、首饰等档次较高的产品。

罩盖盒是一类由盒盖封合后将盒底全部罩盖到底的盒型，密封效果好，端庄稳定，盒型丰富多样，在食品和服饰包装中应用广泛。

帽盖盒是盒盖扣在盒身上端一部分，盒盖外缘大于盒身，就像帽子扣盖在上端。

开窗式。这是对盒面、盒边加以开洞或割折的形式。开洞的部分常使用透明的PVC塑料片或玻璃纸，直接显示商品内容。这样的包装形式有直观、灵巧、方便消费者选购等优点，在食品、纺织品方面应用较多。它

可以满足消费者心理上对产品质地、色泽、样式等抱有的好奇心。（如图5-36）

　　陈列式。陈列式的纸盒又可称为"POP"包装盒，可供广告性陈列。这是一种特殊造型结构的摇盖盒。打开盒盖，从折叠线处折转，并把盒子的一部分摇翼插入盒子内侧，盒面图案便可以显示出来，与盒内商品互相衬托，具有良好陈列和装饰效果。

　　吊挂式。这是节省展销场地的一种形式。吊挂结构可以附加也可以自身变化处理。吊挂式往往与开窗式相结合以展示内容物，它也可以说是陈列式纸盒的一种转化形式。常见的日化用品、文教用品、五金电器等都可以挂起来展销。（如图5-37）

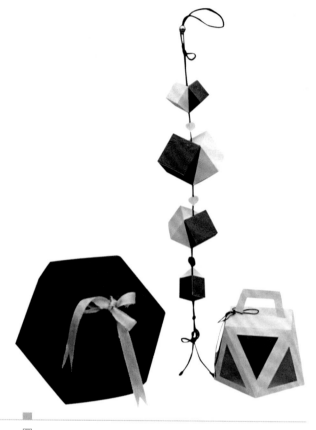

图 5-36

图 5-37

图 5-38

组合式。将两种以上相对独立的纸盒组成一个整体的包装类型，有独立组合与连体式组合两类。

抽拉式。也可称为套式盒，其套盖可以分为一边开口和两边开口两种形式，火柴盒就是其中的典型。

模拟式。通过纸盒立体造型变化模拟某种形象。设计时要注意高度简洁与单纯，模拟形态要与盒面装潢图形配合，以达到生动活泼的效果。一般多见于儿童用品、娱乐用品、节日用品等。（如图5-39至图5-41、图5-43、图5-44）

异形盒。这种是变化幅度最大的造型，富有明显的独特性和装饰性视觉效果。其变化主要是针对面、边、角，对它们进行形状、数量、方向、减缺等多层次的处理。（如图5-42、图5-45至图5-48）

■图5-39

图5-40■

图5-41

图 5-42

图 5-46

图 5-43

图 5-47

图 5-44

图 5-45

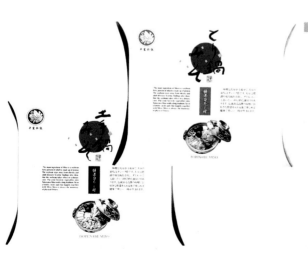

图 5-48

第六章 包装材料与工艺

第一节　包装的功能

设计是满足人在限定的条件下潜在需求的表达。材料承担了设计中的功能与形式，也是形式与功能的中介物。现代设计把物品的形式简化到了极端，创造了现代设计的新风格。在材料视觉上讲究材料质感、色彩、造型等众多因素。通过设计，人类熟悉了自然材料；通过发明，人类熟悉了人工材料；通过加工，人类熟悉了工艺的技巧。材料因此成为人类生产和生活水平提高的物质基础。

商品包装离不开包装材料，从葫芦装酒、木箱木桶、陶罐瓷器、天然纤维制成的麻布袋等传统包装材料，到现代的包装材料，如纸和纸板、塑料、玻璃、金属等，无论哪种包装材料都应具有以下功能：

一、保护性能

保护性能主要是指保护内装物，防止产品变质，保证产品质量。因此，要强调包装材料的机械强度、防潮防水性、耐腐蚀性、透气性、无毒无异味性等。（如图6-1至图6-3）

图 6-2

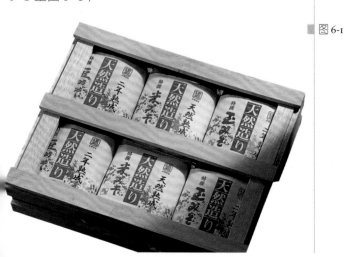

图 6-1

图 6-3

二、加工操作性

这方面的功能主要是指是否易于加工、包装、填充、封合，能否适应自动包装机械操作。相应的，包装材料就要具有刚性、挺力、易开口性、热合性、防静电性等功能。（如图6-4、图6-7）

图6-4

三、外观装饰性能

外观上主要是指材料的形、色、整体是否美观，能否产生陈列效果，提高商品身价，激发消费者的购买欲望。这类材料要具有光泽度、透明度、印刷适应性好等特征。（如图6-5至图6-8）

图6-5

图6-6

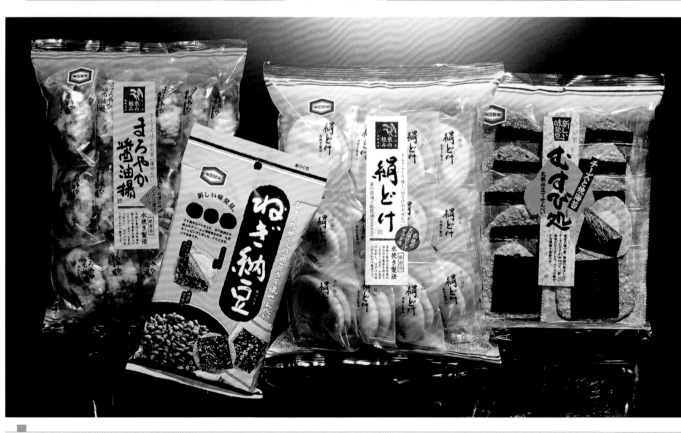

图6-7

图 6-8

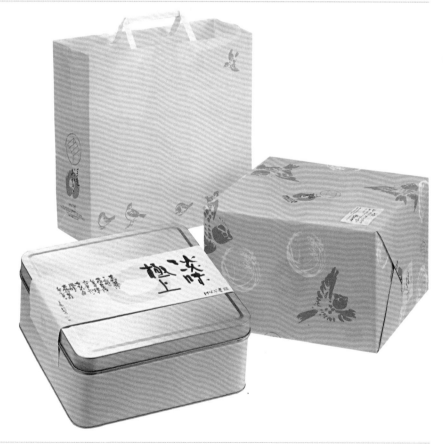

图 6-9

四、便利使用性能

一些产品需要包装材料便于开启，再便于封闭。这样的材料不但要具有易开性，还需不易破裂。（如图6-9、图6-10）

五、节省费用性能

要经济合理地使用包装材料。在包装设计的过程中要考虑包装材料能否节约使用，能否节省包装机械设备费用，提高包装效率等。（如图6-11、图6-12）

六、易处理性能

对于目前提倡的绿色包装我们要给予高度重视，由此，要注意使用的包装材料是否有利于环保、有利于节省资源、有利于回收再利用。（如图6-13、图6-14）

图 6-10

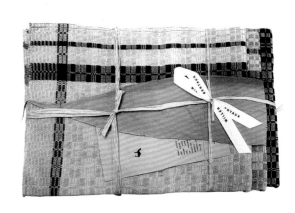

图 6-11

图 6-12

图 6-13

图 6-14

第二节　包装用纸和纸板

　　纸和纸板具有适宜的坚牢度、耐冲击性和耐摩擦性，其成形性和折叠性优良，便于采用各种加工方法，在机械加工时，能适应高速连续生产。纸张还具有最佳的可印刷性，容易达到美化商品的目的。此外，纸和纸板的造价低，不论以单位面积计算还是以单位容积计算，与其他材料相比都是最经济可行的，并且本身重量轻，有利于降低运输成本。其废物容易处理，可回收再生，节约资源，不至于造成公害。

　　常见的包装用纸有牛皮纸、玻璃纸、羊皮纸、胶版纸、沥青纸、黄板纸、白板纸、瓦楞纸等。（如图 6-15 至图 6-20）

图 6-15

图 6-16

图 6-17

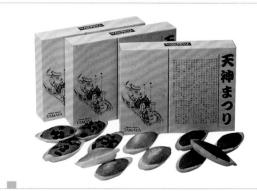

图 6-18

图 6-19

图 6-20

第三节　塑料制品

　　塑料具有一般包装材料所具有的基本性能，并且没有锈蚀、沉重、破碎、腐烂、渗漏等缺点。塑料有抗拉、抗压、抗冲击强度等优良的机械性能。其聚合度、结晶度、内聚力越大，机械强度就越大。它属于轻质材料，阻隔性能好，而且容易成型。更重要的是，这种材料有优良的透明性和表面光泽，印刷和装饰性良好，在传达和美化商品上能取得良好的视觉效果，再加上产品造型的配合，能极大增强商品的销售魅力。（如图6-21至图6-25）

图 6-21

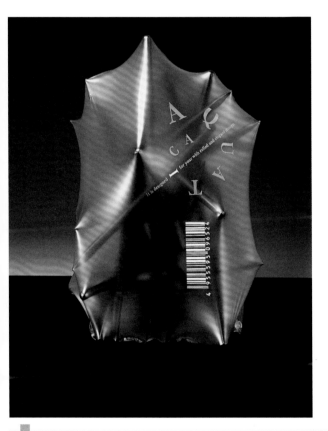

图 6-22

图 6-23

图 6-24

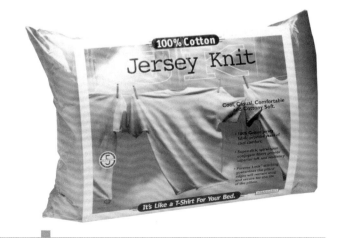

图 6-25

塑料的缺点是不耐高温与低温。硬塑料遇高温会变软、变形，机械强度也会降低。软塑料包装遇高温则会熔融，温度超过一定限度会发生分解变质。在寒冷低温环境下，会随着时间的推移，发生变色、变脆和变质。部分塑料还具有一定的毒性。

除此以外，常使用的包装材料还有金属、玻璃、木材等。无论使用哪种材料，最终商品的整体外观质地都要达到平整均匀、光泽明亮柔和的效果，使人感觉既雅致又经济。工业发达的国家一方面注意材质的提高，如非金属的金属化，纸张、木材、塑料等材料的表现处理；另一方面，在设计时会特别讲究材料的巧妙搭配，用低材高用的手段，提高商品的档次。（如图6-26至图6-30）

图6-28

图6-26

图6-27

图6-29

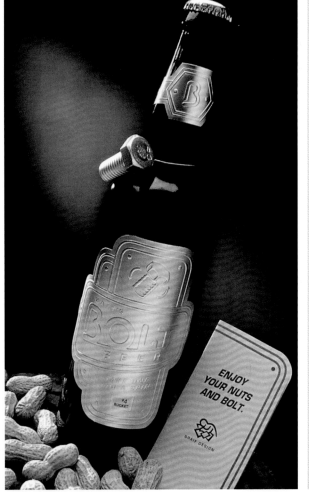

图6-30

第四节　印刷工艺

众所周知，一件好的设计，能否被投产和投产后是否达到设计效果，是受到工艺条件限制的。因此，设计师在设计时必须要考虑有关工艺技术条件。对于包装设计来说，除了对各种材料的加工工艺之外，印刷也是一项十分重要的工艺条件，毕竟，最终的全部设计意图的效果需要借助印刷来完成。（如图6-31至图6-33）

图 6-33

图 6-31

图 6-32

印刷前必须知道的事项：

一、色彩的合理应用

纸张会使颜色出现预想不到的偏差。设计师应该知道同样白色的纸张，它们之间白色的程度有偏暖或偏冷，会影响到印刷色彩的变化。比如黄色印在偏冷的白色纸张上会使黄色偏绿，印在偏暖的白纸上会偏红。特别是对于有色艺术纸的应用，更要谨慎，做到心中有数。另外，质地疏松的纸张会更吸墨，印后会有色彩暗淡感。这就是说不同纸张表面对油墨的吸收有多有少，甚至同一张纸在不同的印刷机上印刷实际网点也不同。空气的湿度也会对纸张产生影响。设计师应该懂得如何运用纸的特性来增强设计效果，最终在油墨接触纸面时，创造性才能够真正体现出来。

跨盒面的色彩改变是非常危险的，特别是尺寸比较大的情况。质量要求非常高的纸盒，即使在最好的情况下，压痕折叠也不会达到非常精确的程度。由于压痕稍有误差，当纸盒折叠时，会出现一个面的色块被折叠到了另一个面上。不要诧异印刷成品的色彩与计算机屏幕上显示的色彩大相径庭，印刷色彩的依据是由通过印刷色谱图录中的采样，向计算机输入正确的数据为准的。（如图6-34至图6-36）

对于高质量的包装纸盒，尽量不要采取对开以上的拼版印刷。因为胶印印刷是通过横跨整个印刷机组宽度的单个墨斗将油墨传送到转动着的墨辊上，每个墨斗被独立控制和工作，网点的增大是不可避免的，尤其是对于有大面积底色的包装盒，更难控制整个对开版面上左边与右边纸盒的色彩均匀度。对于一些通过四色套叠也不可能印出来的颜色，比如深红、亮紫以及荧光色等，应该考虑增添应用专用色印刷。对于大面积的底色要采取二次印刷才能使底色均匀。实地不露白的时候，采取一些技巧能使画面更丰富耐看，如对于黑色的实地版，可采取先印一套30％蓝色，然后再印实地黑色，这样能使黑色更具厚实神秘感。要知道印刷机上用的黄色油墨几乎是透明的，不可能印出高浓度的黄色，必须考虑增加一些品红色，由此而增加了套色。贴膜能使画面增加厚实感，但会使画面的色彩稍稍变暗淡。（如图6-37至图6-39）

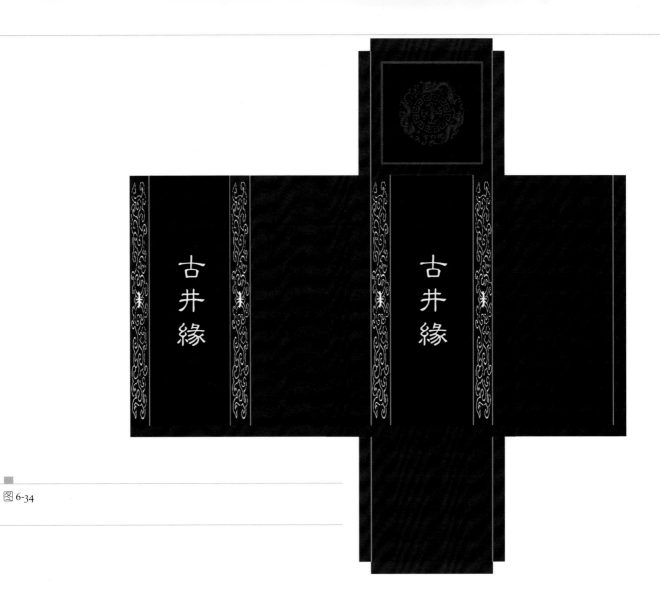

图 6-34

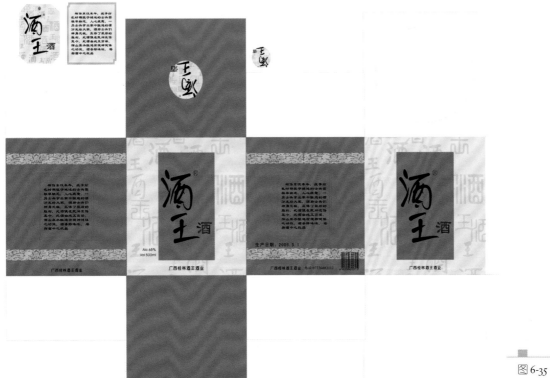

图 6-35

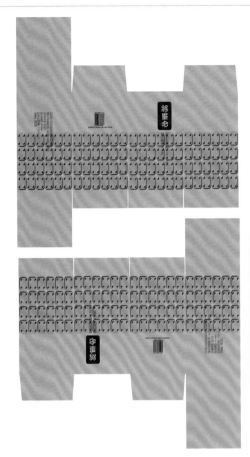
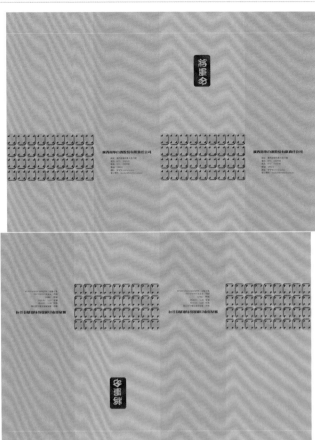

图 6-36

图 6-37

图 6-38

图 6-39

二、纸张的合理应用

最常用的纸张(整开大小的)规格有两种:标准纸的面积长为787mm,宽为1092mm;特殊纸的面积长为880mm,宽为1230mm;进口纸张还有长为889mm,宽为94mm等多种规格。印刷的时候按机器的大小上车,一般有全开车、对开车和四开车。小型的有十六开胶印车等。为了避免浪费,设计师在设计的时候就必须考虑纸盒成品的大小应尽可能符合或接近你将要采用上机时的纸张开数。巧妙地利用纸盒的顶盖与底盖的相互插入,以及借用插入(舌头)部位进行套载而充分利用纸张,避免因浪费而增加成本。

产品包装画面的设计彩稿只是一种纸上蓝图,并不是产品包装的成品,它必须通过一系列生产流程才能得以实现。要达到预期的设计效果,就必须了解制版、印刷的生产工艺。现代包装的成型流程:设计—制作印刷稿—分色、制版—印刷(包括轧凹凸、烫金、贴膜)—轧盒—黏合成型。印刷是包装设计最基本的、最重要的一项加工工艺。而所谓印刷就是以各种不同的方法,通过一种印版将文字或图形制成大量的复制品。不同的印刷工艺有着不同的特点。(如图6-40至图6-43)

目前纸张的印刷工艺主要有两种方法。铅版、铜版印刷,也可称为凸版印,凸版印的印刷机是一种半手工操作的小机器;另一种是较先进的胶印印刷,也可称为平印,胶印的印刷机有小胶印机和大胶印机。凸版印刷与平印印刷由于工艺不同,所取得的效果也截然不同,设计时对设计稿的要求也不同。因此,在设计前就得考虑将采用哪一种印刷方法,尤其必须弄清将采用凸印还是胶印印刷。

图 6-41

图 6-40
图 6-42

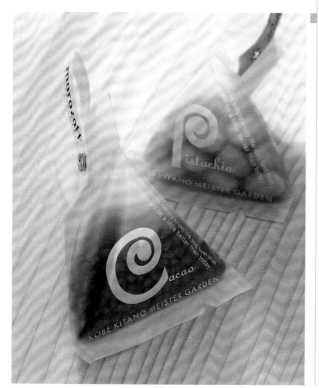

图 6-43

第七章 民族化的包装设计

作为意识文化和经济活动的双重载体,民族化包装不仅是获取经济效益的竞争手段,也是企业商品包装文化价值的体现。

民族化包装设计的形式美感是造型的仿古和民间自然物质形态、材质、图形、文字等组合美的综合体现,它更富目标性,力求以鲜明的形象构成尽可能多的商品竞争力和促销力。具有直接和间接的展示商品文化价值的功能,即以现代产品、消费、营销竞争和文化形象为时代背景,通过"文化形象"的软作用,使人们在情感上产生共鸣,从而进一步满足人们心理和生理的审美需要。(如图7-1至图7-3)

在民间艺术中,某种形象寓意的特定组合、表达的意思、实用的场合都是世代传承下来的,且千百年来盛传不衰。看到松柏、仙鹤,想到幸福、长寿;看到鱼想到年年有余;看到年糕、元宵、粽子、月饼想到传统节日。在包装上运用这些传统的约定俗成的民族形象,使其脱离原有的迷信色彩,拓展其美好、祥和的思想内涵,更能与当代中国消费者进行情感交流。

图7-2

图7-1

图7-3

第一节　形象特征与特色

对民族化包装设计来讲,特征在于利用人们对某一事物共性认可的典型性行为,借以引起消费者共鸣;特色则重在个性、地方性表达的差异性可从不同的角度突出产品个性。形象特征注重包装品基本形象的形态表达;形象特色则在把握特征的典型性中,创造一种具有某种个性的形象。那么对产品进行民族化包装时,在表现中就不仅在于图形、色彩、文字等局部形象的处理,更应注意整体效果的把握,力图使局部融入整体之中。如图7-4中的包装作品,设计者就利用了鸟笼这一民间元素与茶叶包装进行了很好融合。饮茶是一种休闲放松、能让内心得到平静的行为,而遛鸟则是在中国民间极有特色的活动。两者的共性都是极具中国韵味,很容易就让茶叶这一产品的主体消费群(中老年人)产生共鸣。(如图7-4、图7-5)

图7-4

图7-5

图7-6

第二节　因地制宜

　　民族化包装设计不仅要注意对产品和市场方面的适应性，还要注意对某些地区民族特定风俗习惯的适应性。我国东、南、西、北的汉族与少数民族地区，城市与乡村地域辽阔，往往有不同的审美习惯。如果把剪纸图案用在汰渍洗衣粉上，把贵州蓝印花布做成DAM软盘包装盒，用河南麦秸秆包装首饰等，给我们的感受不仅是包装设计形式错误，也有着选材借用不合理的问题。此外，不少产品本身就有浓厚的地方特色。比如福建的一种竹笋皮包装的茶叶、越南椰子糖、无锡面筋篓、绍兴花雕酒坛等，其用材的合理、制作的巧妙、造型的独特，是民族包装设计中应弘扬和挖掘的主要元素。(如图7–6至图7–10)

图 7-7

图 7-8

图 7 -9

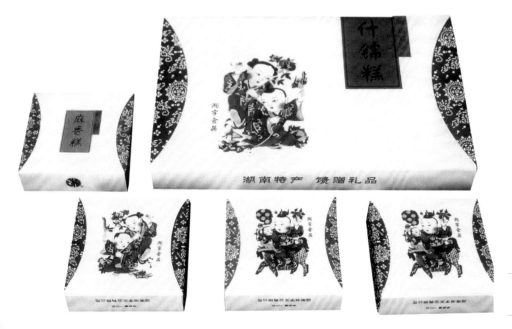

图 7-10

第三节　表现多样化

　　在民族化包装设计中，借助的表现方式主要有比喻、象征、联想三种典型方式，这些是较为含蓄的间接表现形式。比喻是借助一种形象表现与之有关的另外一种事物，借助观众的某种共识或思维认识来完成表现，其主要重在形象化、通俗化、生动性，例如以物比物，以陶罐比玻璃瓶；以形比形，四方形和六角形的小变化。象征重在规范化某种意念和某种大众易于产生的共识，如龙、凤象征炎黄文化，红色、黄色、绿色、金色象征吉利喜庆色彩。而联想则是借助一定的形象表现、激发和诱导消费者的思维认识往一定方向集中，如由泡菜想到瓷罐形象，由"同仁堂"牌名而想到中药袋包装，由圆月联想到中秋月饼盒。在设计处理中只要注意比喻的恰当性、象征的典型性、联想的诱导性，就能达到理想的表现效果。（如图 7-11 至图 7-16）

图 7-13

图 7-11

图 7-12

图 7-14

图 7-15

图 7-16

除了以上三种典型方式,还有衬托是对民族化包装品表现的辅助性处理,利用传统纹样作背景,用民间图形作主体形象,或者在造型已定的情况下,图为主、文字为辅,或文字为主、图为辅;对比在民族化手法中也是视觉表现中一种极为有效的催化剂,是使商品包装形象得到充分强化的表现方法。在色彩上利用重与轻、明与暗、静与动,强调红与绿,加强黑与红、黄、粉绿、金银、白色的对比,可使包装视觉效果在空间和用色量方面发生微妙的变化。(如图 7-17 至图 7-20)

图 7-17

图 7-18

图 7-19

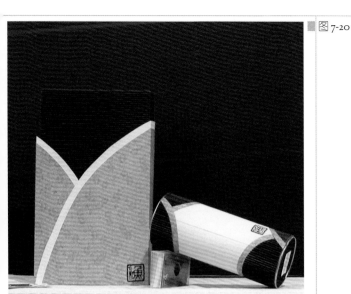

图 7-20

第四节　出奇制胜

以奇制胜在民族化包装中,其主要以独特的新奇效果打动人,它们表现在选材造型和图形纹样应用两大特点上,只要是本民族的物形,只要他人还没有使用,在包装设计上加以创新利用,就是一种新的表现策略。建国以后我国一些图案造型,如秧歌舞、工农联盟、兄妹开荒、最可爱的人、土地还家、合作化、巨龙跃进、三面红旗、梅花欢喜漫天雪、学雷锋、老三篇、飞天复出等,虽然绝大多数现在还没被设计师们注意和应用,但是,设计师应凭借明暗的设计意识有理由认为,这些素

材在不久的将来会再次为人们所关注。(如图7-21至图7-25)

商品包装,不论是优是劣,都会以某种形式出现在市场,只要略加比较,就会觉得不同的包装除了传达的信息不同之外,还会有各自不同的形象特色。刻意追求也好,自然流露也好,鲜明独特的风格只有在整体有序的设计形式中才能产生。任意堆砌、任意拼凑,那种琐屑不成体系的形态,只会造成风格的混乱。就民族化包装作品而言,创新独到常常不是靠各种独特因素的随意堆砌,相反,在众多因素中找出最能表现商品的设计元素,并适当减弱其他次要元素是非常重要的。常言说,以理服人,以情动人,民族化包装不仅要体现在包装的文化形象上,也要体现在设计者的设计表现过程中。在对产品和市场理性思考后,既有科学性的一面,又要有形象的审美个性。

图 7-21

图 7-22

图 7-23

图 7-24

图7-25

第八章 包装设计蕴涵的文化

现代包装设计是一门以人文文化为本位,以生活为基础,以现代为导向的设计学科。因此我们无论是在理论上,还是在实践中,都应把包装设计作为一种文化形态来对待。文化是人类历史实践过程中所创造物质财富和精神财富的总和,那么包装设计文化可以说是包括人们的一切行为方式和满足这些行为方式所创造的事物,以及基于这些方面所形成的心理观念。一般说来,一个由许多设计文化要素构成的复合设计整体,可分为三个层次。

第一,物质层。它是任何设计文化的表层,主要指包含了设计文化要素的各种物质载体,它具有物质性、基础需求性、易变性的特征。如各种包装设计部门和包装设计产品,交换商品的场所以及消费者在使用包装产品中的消费行为等。

第二,组织制度层。这是设计文化的中层,也是设计文化内层的系统化。它有较强的原则性和相关性。主要包括协调设计系统各要素之间的关系,规范设计行为并判断、矫正设计的组织制度。世界上包装设计文化比较先进的国家都有自己相应的较为完整的组织制度。而包装设计文化相对比较落后的国家,组织制度大都不完整。

第三,观念层。它是一种文化心理状态,所以也可以认为是设计文化的意识层。它处于核心和主导地位,是设计系统各要素一切活动的基础和依据。科技的发展,生产力的提高和文化的进步,带来的对包装设计文化的冲击,主要就表现在生产和生活观念、价值观念、思维观念、审美观念、道德伦理观念、民族心理观念等方面上。它是设计文化结构中最为稳定的部分,也是设计文化的灵魂,它存在于人的内心,并随时代发展变化,最终会直接或间接地在组织制度层上得到体现,由此规定自身的发展和规律,吸收、改造还是排斥异质文化要素,左右设计文化的发展趋势。

包装设计文化具有时代性,随着时代的发展而发展,注重观念的更新。这主要反映在包装设计文化的组织制度和物质外层上。在经济全球化、科技迅猛发展的今天,尤其是信息的广泛高速的传播,开放的观念激荡愈趋激烈,社会结构与价值观念、审美观念等的多元化,人与人交往的频繁,社会及人要求的不断增加,工业文明的异化所带来的能源、环境和生态的危机,面对这一切我们是否能适应它、利用它,使包装设计成为该时代的产物,这已成为当今设计师的重要任务。

第一节 实物营销文化

营销文化是市场经营或市场营销文化。它是一种旨在面对瞬息万变的市场环境,加强市场调查,并采取有效的市场营销策略,开展市场营销活动的文化。在市场经济条件下,社会的营销文化内容日益丰富起来。它的研究范围已扩大到始于商品被生产出来之前,终于商品实现销售、价值得以实现之后。

如今的社会商品包装,已作为营销学中的一种促销手段,"一种有心理影响的容器"、"一种在相当程序上左右了销售的因素"、"一种供消费者对商品所包含的利益与效用进行心理评价的依据"。所以,商品包装设计人员一定要有市场营销学的文化底蕴。没有这个文化底蕴,就难以对市场营销环境、消费心理作出科学的分析,难以在对市场细分的基础上确定正确的市场营销策略,包括产品策略、价格策略、渠道策略、促销策略、竞争策略和多元化经营策略等,更难以对国际市场进行细分和适应经济全球化日益加强的趋势,使包装设计有利于开拓国际市场。(如图8-1至图8-7)

图 8-1

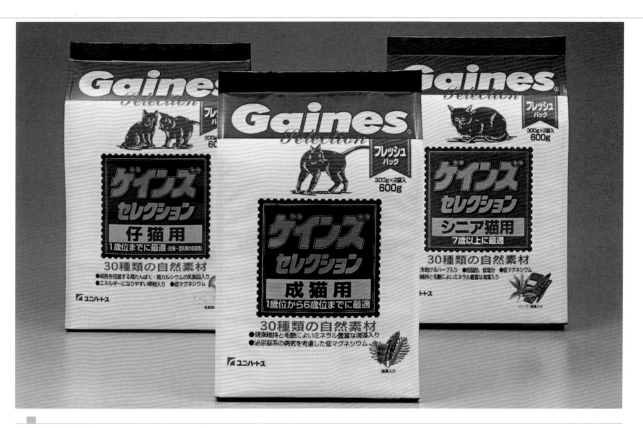

图 8-2

图 8-3

图 8-4

图 8-5

图 8-6

图 8-7

第二节　大众审美文化

审美文化是以主体精神体验和情感享受为主导的社会情感文化。一般地说，审美文化是建立在现实文化基础上的，以艺术文化系统为核心的更高级的精神文化形态。伴随着社会整体文明的不断进步，人类的审美视野和审美活动的范围在不断扩大和不断延伸，在市场经济条件下，人们对市场上商品本身及商品包装的美的要求推动着大众审美冲出纯意识形态的艺术殿堂，越来越渗透到日常的市场交换活动中来。人们在购买商品时，不仅仅看重商品的使用价值和价格，而且十分讲究由商品和包装的审美价值、情感价值、社交价值等

文化价值提升的商品的附加价值。

商品包装设计，从构图来说，离不开对比的运用、比例的运用、对称的运用、平衡的运用、韵味的运用、空间的运用、调和的运用等多方面形式美规律的运用；从造型结构来说，离不开安定与生动、对称与均衡、对比与调和、比例与尺度、重复与呼应、节奏与韵律、模拟与概括、变化与统一等多方面美学关系法则的处理；从装潢心理感受来说，离不开适用感、特色感、质量感、廉价感、名贵感、新奇感、柔美感、群体属性感等各种心理感受的美学表现……这一切都表明，包装设计者如果没有审美文化功底，就难以在设计中创造出寓于商品包装中的完善的美学功能及其所体现出来的美学价值。（如图8-8至图8-14）

图 8-8

图 8-10

图 8-9

图 8-11
图 8-12

图 8-13

图 8-14

第三节　现代科技文化

　　在当代,科技文化是以计算机技术为核心的高级文化系统。科学技术作为系统的理论化的知识体系、社会意识的一种特殊形式,它不但是创造和发展文化的有力手段,而且它对社会生产和产品开发与设计是一种重要的智力支持。商品包装造型设计、结构设计、装潢设计等一条龙的设计过程,都已实现了计算机化。运用计算机,把包装设计过程中的环节反复计算,反复比较,反复修改,这样可以使包装设计从令人苦恼的烦琐的体力劳动和脑力劳动中解放出来,还可以大大缩短设计周期,提高设计的精确度,从而可以获得优化的设计成果。展望未来,包装设计的电子化是一种总的发展趋势,今后,必将还会有更多的为设计服务的专门辅助设备问世。包装设计工作者如果没有深厚的科技功底,其对商品市场调研,对新材料的选用,对设计资料的检索,对设计程序的编制……都将受到极大的影响。(如图 8-15 至图 8-18)

图 8-15

图 8-16

图 8-18

图 8-17

第四节　传统道德文化

　　道德文化是一种规范人们的社会行为,依靠社会舆论和行为主体的自觉意识调节社会关系的一种"调适文化",它是构成社会文化的重要内容之一。在我国光辉灿烂、历史悠久的古代文化中,传统的道德文化占有重要的地位。古人不遗余力地提倡道德教化、道德修养,无疑对我们今天的现代道德建设提供了丰富的思想资料,更对我们商品包装设计工作者有着重大的警醒作用。因为商品包装与被包装商品本身是一种形式与内容、表与里的关系。形式与内容、表与里是否一致,需要商品包装设计工作者的自身道德自律,或"道德心理"自律,不作"缺德"的欺骗性包装。如果商品包装设计能用道德原则警醒自己、约束自己、不搞"见利忘义"的包装,那么,对杜绝假冒伪劣产品上市,对防止过度包装的铺张浪费,营造良好的市场环境,促进社会主义市场经济的有序运行,推动社会生产的繁荣和进步,都将发挥出很大的作用。(如图 8-19 至图 8-24)

图 8-19

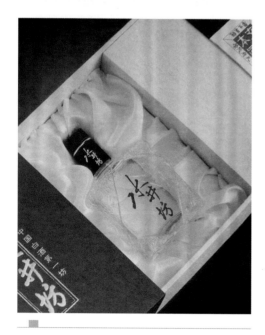

图 8-20

图 8-21

图 8-22

图 8-23

图 8-24

图书在版编目（CIP）数据

包装／陆红阳，喻湘龙主编．—南宁：广西美术出版
社，2005.2
　（现代设计元素）
　ISBN 7-80674-924-1

　Ⅰ.包…　Ⅱ.①陆…②喻…　Ⅲ.包装—设计
　Ⅳ.TB482

中国版本图书馆CIP数据核字（2005）第010700号

现代设计元素·包装设计

艺术顾问／柒万里　黄文宪　汤晓山
主　　编／喻湘龙　陆红阳
编　　委／汤晓山　喻湘龙　陆红阳　黄卢健　黄江鸣　江　波　袁晓蓉　李绍渊　尹　红
　　　　　李梦红　汪　玲　熊燕飞　陈建勋　游　力　周　洁　全　泉　邓海莲　张　静
　　　　　梁玥亮　叶颜妮
本册著者／游　力
出 版 人／伍先华
终　　审／黄宗湖
图书策划／苏　旅　姚震西　杨　诚　钟艺兵
责任美编／陈先卓
责任文编／符　蓉
装帧设计／八　人
责任校对／陈宇虹　刘燕萍　尚永红
审　　读／林柳源
出　　版／广西美术出版社
地　　址／南宁市望园路9号
邮　　编／530022
发　　行／全国新华书店
制　　版／广西雅昌彩色印刷有限公司
印　　刷／深圳雅昌彩色印刷有限公司
版　　次／2006年7月第1版
印　　次／2006年7月第1次印刷
开　　本／889mm×1194mm　1/16
印　　张／6
书　　号／ISBN 7-80674-924-1/TB·8
定　　价／36.00元